André Robichaud

DU MÊME AUTEUR

Les Sens interdits, La Différence, 2001.
Les Cinq et Une Nuits de Shahrazède, La Différence, 2005.
Les Paludiques, La Différence, 2006

© ACTES SUD, 2011
ISBN 978-2-7427-8976-4

MOURAD DJEBEL

CONTES
DES TROIS RIVES

BABEL

A Safia, ma mère.

PRÉFACE

Dès qu'il s'agit de conte, il y a une voix qui ressuscite en nous

Je me souviens de celle de ma mère – à peine comptais-je, en ce temps là, les années de ma vie sur les doigts d'une seule main – qui dans la nuit se transformait, se délestait de sa "quotidienneté", se chargeait d'une parole différente, se rehaussait d'une touche autrement plus précieuse. Les intonations, les variations, les effets qu'elle y mettait pour marquer un moment du conte, pour annoncer un dénouement, pour aiguiser la curiosité, pour préparer la chute, concouraient tous à cette métamorphose. Et cette voix si connue de moi devenait Autre. Elle tricotait la parole comme une brodeuse ses fils d'or sur un somptueux caftan en devenir.

Sa voix me transportait souvent loin de mon lit, vers des *rives* nouvelles, quand bien même le conte en question ne m'était pas inconnu.

Je me souviens aussi de ma voix quand arrivait le moment détesté de voir les lieux enchantés se dissiper et disparaître, et la voix enchanteresse se taire suite à l'invariable formule de la fin de narration, quand je réalisais que l'obscurité allait se refermer sur moi. Elle devenait insistante et suppliante – ma voix – pour accrocher et tenter de retenir l'autre voix, pour prolonger le moment.

Le conte est une affaire de femmes...

Je me souviens aussi d'autres voix. Nous nous retrouvions, lors des fêtes ou des visites familiales, à plusieurs enfants de divers degrés de parenté et/ou de voisinage, l'émerveillement agissait encore plus vite et d'autres plaisirs venaient s'y ajouter : celui d'entendre des contes inconnus, celui de découvrir d'autres formes de narration, celui de voir l'émulation agir sur nos mères, devenues conteuses pour un public plus nombreux que d'ordinaire, devenues conteuses publiques pour un soir.

Oui je me souviens, parfois, d'autres voix. Des voix de femmes.

Je n'ai pas un seul souvenir d'une voix masculine qui aurait fait ne serait-ce qu'une intrusion passagère dans ce domaine. J'appris bien plus tard que certains hommes étaient excellents dans cet exercice – y en avait même dont c'était la profession –, mais cette catégorie avait disparu ou du moins il n'en restait que peu, très peu de représentants et pas un seul dans mon entourage.

Mes souvenirs personnels sont donc tous, sans exception, liés à des voix de femmes – d'où la surreprésentation de la gent féminine dans ce recueil, et dans la totalité des histoires qui me furent transmises enfant, le conte étant cet espace de l'imaginaire où, avec malice et bonne humeur, elles se jouaient des valeurs de l'ordre établi, réactivant le mythe d'un matriarcat originel*. Femmes, qui pour la plupart ne savaient ni lire ni écrire, contaient et racontaient dans la plus pure tradition populaire orale – même les quelques rares d'entre elles qui eurent accès à l'enseignement n'utilisaient jamais de support écrit, comme s'il y avait un interdit tacite. Tout dépendait du moment, tout était instantanéité, tout se jouait en fonction de l'humeur de la conteuse, de son état de fatigue, de ses envies, de ses besoins, de sa disponibilité. Le même conte pouvait passer, en durée, du simple au double pour peu que les spectateurs fussent attentifs et la nuit longue.

Le conte est une affaire de nuit…

Je ne me souviens pas non plus d'une seule fois pendant mon enfance où j'aurais entendu une histoire, un conte, une fable, alors que la lumière du jour n'avait pas totalement disparu à l'horizon.

Jamais ma mère – ni aucune des autres femmes dans mon milieu et mon entourage d'alors – ne se serait permis de faire la moindre incursion dans l'univers enchanté des contes et autres histoires tant que l'obscurité n'avait pas étendu sur nous ses voiles. Un interdit qui ne souffrait aucune exception.

* Si l'on en croit Diodore de Sicile, toutes ces femmes à commencer par ma mère seraient les descendantes des Amazones, implacables guerrières au sein droit mutilé.

Ma mère, à l'instar des tantes et autres grands-tantes*, quand elle était sollicitée, évoquait invariablement des raisons magiques : une malédiction qui s'abattrait sur sa descendance, c'est-à-dire moi, puisque j'étais encore son unique enfant à ce moment-là, si la règle n'était pas respectée. Je n'ai jamais su si elle poussait la superstition jusqu'à y croire vraiment ou si c'était là l'argument massue pour mettre un terme à mes demandes incessantes alors qu'elle vaquait à ses occupations quotidiennes ou se reposait avant de les reprendre. Ou était-ce Schéhérazade qui instaura une fois pour toutes dans notre imaginaire collectif que la nuit, lieu de toutes les inquiétudes, lieu de toutes les morts, était seule digne de contenir la parole qui apaise, transporte et sauve momentanément ?

... mais le conte n'est pas seulement une affaire d'enfance

Je me souviens de ma "rencontre" si j'ose dire, adolescent, avec Schéhérazade. J'avais perdu le rapport à l'oralité en chemin, ou du moins une nouvelle médiation s'était déjà imposée à moi. Ce n'étaient plus les voix féminines réelles – à commencer par celle maternelle – qui s'adressaient directement à moi, mais les mots écrits sur un support en papier qui

---

* "Tantes" et "grands-tantes", ici, désignent non seulement des femmes de tous les degrés de parenté possibles, mais aussi des voisines ou des amies de ma mère.

étaient devenus les vecteurs de cette rencontre, de cette découverte. Dès les premières pages des *Mille et Une Nuits*, l'émerveillement était au rendez-vous.

Le même émerveillement que celui de l'enfance ou, pour être plus exact, un émerveillement de la même intensité sans être de la même nature. La lecture étant un acte solitaire c'était plutôt une forme de jouissance.

Si *Les Mille et Une Nuits* – toutes versions confondues et dans les deux langues : l'arabe et le français – sont devenues une de mes références en matière de conte et plus largement en littérature, c'était grâce à l'effet qu'elles produisaient – *ces nuits* – sur moi, adolescent. A chaque fois que j'ouvrais le livre, les horizons s'élargissaient jusqu'à englober le monde ou du moins certaines de ses vastes parties. Je côtoyais des princesses chinoises, indiennes, persanes, arabes parmi les plus belles du monde, je voyageais avec Sindbad dans des îles inconnues, je découvrais Bagdad, Samarkand et Ispahan, j'écoutais des portefaix me conter leurs aventures, j'assistais à des paris insensés entre des djinns, etc.

De l'inventivité à tous les étages et un foisonnement, un brassage de plusieurs mondes, univers et traditions se matérialisaient là devant mes yeux, il me suffisait d'ouvrir le livre. Ce que je me dépêchais de faire, de jour comme de nuit, dès que j'avais un instant de libre.

Pourtant, les souvenirs les plus enchanteurs que j'ai de ces longues plages de lecture sont tous nocturnes. Il est vrai que, jusqu'à aujourd'hui, le conte et la nuit sont si intimement liés dans mon imaginaire personnel qu'ils en sont indissociables. L'interdiction de raconter tant que la lumière du jour ne s'est pas éteinte agissait-elle en secret sur moi ? Ou était-ce un autre épisode qui survint plus tard dans ma vie et scella le lien définitif entre la nuit et le conte ?

... ni une affaire qui se limite à l'adolescence

Je considère la période d'écriture des *Cinq et Une Nuits de Shahrazède*, mon dernier roman publié, – à moins que ce soit l'épisode de ma vie qui en était la source d'inspiration – comme le dernier moment clef dans mon étrange relation avec le conte.

Composer des contes, chose qui jusqu'alors semblait éloignée de mes préoccupations littéraires, était source de plaisir. Comme si tout ce qui avait été cristallisé dans le passé se réactivait progressivement. Je retrouvais en moi l'émerveillement de l'enfant et la jouissance de l'adolescent.

Aussi, la place singulière que le conte occupe dans mon imaginaire personnel se révélait à moi pendant cette période d'écriture qui s'étala sur trois ans. Je réalisais que mes premières rencontres avec ce que j'estime être la chose littéraire ne remontaient pas à l'adolescence, au moment où je me suis mis à la lecture des grands textes, comme je le croyais jusqu'alors, mais plus loin encore, à la prime enfance et au contact avec les contes populaires et la tradition orale au sein de ma famille.

L'idée et les trois moments clefs

Une fois acceptée, avec plaisir, la proposition que m'avait faite l'éditrice d'Actes Sud d'écrire un livre de contes, j'ai eu rapidement une idée qui me semblait claire de son contenu. Sachant que même s'il pouvait emprunter à une ou à plusieurs traditions orales, il devrait être, avant tout, un livre personnel dans son fond comme dans sa forme, j'ai décidé de marquer à travers le texte chacun des trois moments clefs que j'évoque plus haut. D'où les "trois rives" du titre.

Ma première idée était de reprendre deux contes courts de la tradition orale qui matérialiseraient mon enfance, puis de récrire deux ou trois contes des *Mille et Une Nuits* et enfin pour marquer le dernier moment clef : composer *ex nihilo* deux ou trois contes.

Mais ce que je croyais être une idée claire et simple à réaliser souffrait d'un travers que j'allais découvrir, en débutant l'écriture à proprement parler.

La matière sur laquelle j'ai commencé à travailler s'opposait farouchement à épouser le moule préconçu. L'idée, je l'ai compris assez vite, souffrait d'être trop schématique.

Les quelques contes de la tradition orale que je voulais reprendre se défendaient d'être relégués dans un simple compartiment et de devenir un faire-valoir. Ils ne se refusaient pas à l'écriture, au contraire : les personnages, humains ou magiques, qui s'y meuvent, les topographies des lieux et les paysages qui les traversent, les intrigues qui s'y tissent ne demandaient qu'à être fouillés, rehaussés, détaillés, enrichis, élagués, plus que ce que mes souvenirs me restituaient, plus que ce que la tradition m'avait légué.

A mesure que l'écriture avançait, ils se prêtaient bien à accueillir toutes les *rives* possibles et imaginables, prenaient des chemins de traverse, côtoyant *Les Mille et Une Nuits* pour un petit clin d'œil par-ci et un petit emprunt par-là, effleurant au passage *L'Ane d'or* (et la mythologie grecque*) pour un petit signe amical, furetant dans les jardins de l'imagination à la recherche de quelques petits ajouts pour celui-ci, d'une fantaisie décalée pour celui-là, d'une prolongation pas trop flagrante pour l'autre là-bas, et même d'une refonte et recomposition complète pour le dernier.

---

* Plus particulièrement le second conte, où il est question des déboires de Welja, qui convoque et évoque, même de très loin, les figures de Cendrillon ou Blanche-Neige (Giambattista, Perrault et les frères Grimm) ainsi que leurs différentes variantes, celles qui les ont précédées comme celles qui les ont suivies, issues de plusieurs traditions populaires, notamment chinoise. Ces contes, dont le motif central est la cruauté d'une belle-mère (qu'elle soit la marâtre ou la mère du bien-aimé) motivée par une rivalité homicide, ne sont pas sans rappeler le conflit entre Aphrodite et Psyché dans la mythologie grecque. Mythe qui se retrouva, dans *L'Ane d'or,* revisité et enrichi sous la plume d'Apulée avec qui je partage, entre autres, la même région natale dans l'Est algérien. Cette dernière précision prend du poids si l'on considère qu'il est question ici de contes populaires et de transmission orale.

Mes trois…

Bien sûr, rien n'interdit de voir dans ces *trois rives* les lieux géographiques qui peuvent transparaître en filigrane dans les contes (rive sud de la Méditerranée, rive nord du Sahara, rive à moitié fantasmée de l'Orient, rive à moitié réelle de l'Afrique, etc. – je laisse à chacun le soin de choisir ce qu'il souhaite retrouver et de le désigner selon sa convenance). Cela est d'autant plus vrai que ce nombre, trois, l'un des plus magiques dit-on, s'impose à moi d'une manière qui souligne l'étroit rapport entre la culture au sens large et l'espace (entre autres géographique).

En achevant l'écriture de ces contes, je réalise que mon travail a consisté en partie à naviguer simultanément entre *trois* niveaux de (ce qu'on l'on pourrait appeler approximativement) traduction. De l'oralité à l'écriture. D'une langue véhiculaire à une autre : de l'arabe dialectal au français. Puis d'une langue commune à ma propre langue particulière à mon "propre patois*" d'écrivain.

N'en demeure pas moins que ces quatre contes empruntés à la tradition orale ont appelé ma touche sensible à s'exprimer pleinement et sans restriction. Aussi sont-ils devenus, en ce qui me concerne, avant tout le lieu où convergent mes *trois rives*.

---

* "Ecrire comme un chien qui fait son trou, un rat qui fait son terrier. Et, pour cela, trouver son propre point de sous-développement, son propre patois, son tiers monde à soi, son désert à soi." (Gilles Deleuze et Félix Guattari, *Kafka. Pour une littérature mineure.*)

Les Mille et Une Nuits *ne sont pas quelque chose qui a cessé d'exister. C'est un livre si vaste qu'il n'est pas nécessaire de l'avoir lu car il est partie intégrante de notre mémoire...*

Borges, *Conférences*
(trad. de Françoise Rosset)

WADÂA
OU
L'EXIL DES SEPT FRÈRES

Et maintenant, disait la conteuse, que l'obscurité a parfaitement étendu sur nous la soie de sa voilure, rendue si légère par la magie des étoiles et de la lune, il est temps, avant que ne vienne vous cueillir la paupière du sommeil, de restituer le verbe à la nuit et la nuit au verbe. Ce soir je vais vous conter l'histoire de Wadâa. Prénom désignant ces magnifiques petits coquillages appelés cauris et évoquant en même temps la racine du mot "adieu", qu'il soit toujours éloigné de vous tant il recèle de douleur.

A une époque lointaine, et encore plus lointaine que ne porte notre regard de mortels, dans une contrée où eau et sable, verdure et chaleur, Sahara et Tell avaient décidé de se mettre en ménage et vivre en bonne intelligence, engendrant des orgies de lumières et de couleurs, habitaient un seigneur et sa femme dans le doux attachement et la quiète patience des couples d'antan. Dame Fortune avait étendu sur eux son aile depuis la naissance et ouvert sa main pour laisser ruisseler ses bienfaits. Ils possédaient des terres, des troupeaux, des richesses et des biens les mettant à l'abri du besoin pour aussi longtemps qu'il leur serait permis de vivre.

Si Dame Fortune les avait soustraits aux vicissitudes de la pauvreté, Dame Nature n'avait pas été en reste et leur avait accordé une nombreuse descendance. Dans les premières années de leur mariage, six beaux et forts garçons étaient nés de leur union l'un à la suite de l'autre.

Sans souci du lendemain, dans l'aisance et la tranquille succession des jours, ils étaient à tout point de vue comblés. Seule ombre au tableau, qui ne cessait de grandir au fil des années, ils n'avaient toujours pas de fille.

De nouveau la mère enceinte, tous, et encore plus intensément les six garçons, espéraient secrètement, pour que leur vie fût parfaite, la naissance d'une fille. Et comme il arrive souvent que l'on prenne, même dans les pays des contes, ses désirs pour des réalités, la déception n'en fut que plus dure. Cette fois de même que les précédentes, malgré les prières, les gages envers les saints et les certitudes des uns et des autres, la sage-femme tout en sueur leur annonça par un youyou prolongé et ensuite quelques mots, l'arrivée du septième garçon.

En apparence ils prirent leur mal en patience et les parents comptèrent sur le temps pour atténuer leur déception et surtout celle de leurs enfants. Pourtant, même si la vie continuait à s'écouler paisiblement au rythme des travaux et des saisons, d'année en année la frustration de ne pas avoir une sœur comme une douleur ne cessait de grandir dans le cœur de chacun des six puis des sept garçons.

Devenus jeunes hommes, excellant par ailleurs autant à la chasse et la course des chevaux et des dromadaires que dans l'art d'entretenir des troupeaux et de guider les bêtes, ils pensaient que les jeux étaient faits et qu'aucune note sororale ne viendrait égayer leur demeure, d'où leur exaspération et leur profonde amertume. Leur joie et leur étonnement n'en furent que plus grands quand ils virent s'arrondir le ventre de leur mère. Cette fois ils ne se contentèrent pas d'un muet espoir, ils manifestèrent bruyamment et prestement leur désir d'avoir une sœur. A la sobre patience des parents venait s'opposer désormais la fougueuse ardeur des jeunes gens. Quelques semaines avant l'accouchement, ils tinrent un conciliabule secret et prirent une décision :
— C'est là la dernière chance, dit l'aîné.
— Je ne supporterai pas une déception cette fois-ci, dit le deuxième dans l'acquiescement général.
— Si notre mère met au monde un garçon, je propose de nous exiler. Nous quitterons la maison et le pays, nous nous en irons par les innombrables chemins du monde, dit le plus jeune.
Pour la seconde fois l'acquiescement fut général et la décision prise à l'unanimité.

Aux premières douleurs de leur mère, ils sellèrent leurs sept chevaux, harnachèrent leurs sept dromadaires, préparèrent ce qu'il faut pour la chasse et le nécessaire pour quelques jours de voyage et s'installèrent en haut d'une colline à une bonne distance de la demeure familiale. Ils s'étaient entendus avec une parente qu'ils avaient mise dans la confidence qu'elle poserait bien en évidence sur la fenêtre la plus haute de la maison une faucille si c'était un garçon, la palme d'un dattier si c'était une fille.

En milieu d'après-midi la mère fut enfin délivrée. Et à la joie de la délivrance s'ajoutait le bonheur d'avoir été exaucée. Elle avait enfin réalisé son désir, celui de son mari et surtout celui de ses garçons. Les larmes aux yeux, elle tenait dans ses bras la fille tant attendue. Elle emplissait déjà la maison de ses cris et ses pleurs. Mais la parente, qui éprouvait une jalousie sans limites à l'égard du seigneur, de sa femme et de leur vie paisible, s'empressa de mettre la faucille à la place de la palme. Ainsi le signal du départ fut-il donné aux sept garçons. Quand le pot aux roses fut découvert, grâce à une bévue de la parente, qui pour savourer son acte malveillant ne put s'empêcher d'en parler à quelques voisines parmi lesquelles une amie de la mère, il était trop tard pour les rattraper.

Après les larmes de joie dues à la naissance, les larmes de douleur dues au départ des sept, la vie tant bien que mal reprit ses droits. A mesure que les années passaient, éloignant le secret espoir qu'un jour leurs garçons trouveraient le chemin du retour, le seigneur et sa femme redoublaient d'attention et d'affection à l'égard de leur fille qui le leur rendait bien et leur procurait beaucoup de joie. Prénommée Wadâa, elle poussait comme une de ces fleurs esseulées du désert, et chaque printemps ajoutait une touche à sa beauté et un brin à sa vigueur.

Un jour, jouant comme à son habitude avec d'autres fillettes de son âge, espiègle comme elle l'était, elle vexa par ses paroles et sans mauvaise intention l'une d'entre elles. Cette dernière qui n'avait pas la langue dans sa poche lui dit :

— Mais pour qui tu te prends ? Avant d'ajouter d'une manière convenue en faisant un clin d'œil à ses copines : Même fille de seigneur, tu n'es que Wadâa, la cause de l'exil des sept.

Repris en chœur plusieurs fois par tout le groupe, ces derniers mots lui firent l'effet de la pire des insultes. Bien qu'elle n'en comprît pas la signification exacte, elle rentra chez elle bouleversée et interpella sa mère pour lui en demander le sens. Devant le refus de répondre de sa mère, elle entra d'abord dans une grande colère, ensuite s'isola dans un mutisme absolu, et à la fin refusa de se sustenter. Quelques jours de ce régime furent suffisants pour venir à bout de la volonté de la mère qui, la mort dans l'âme, n'avait plus d'autre choix que de divulguer le secret gardé jalousement. Elle lui raconta dans le moindre détail tout ce qui s'était passé.

Wadâa, qui n'était pourtant pour rien dans le départ de ses frères, se sentit accablée. Après avoir reçu le choc et ruminé cette histoire et son dépit pendant de longues semaines, quel que fût le côté par lequel elle essayait d'aborder les évènements qui avaient précédé sa naissance, elle parvenait toujours à la même et unique conclusion :

— Je vais partir à la recherche de mes frères, dit-elle un matin à sa mère.

Ni les raisons invoquées par ses parents, ni leurs protestations colériques, ni leurs pleurs ne purent infléchir sa volonté. La mère, qui connaissait l'entêtement de sa fille et la savait capable de recourir à n'importe quel moyen et même de mettre sa vie en danger pour arriver à ses fins, céda et accepta l'inévitable.

— Nous aurions préféré te garder auprès de nous, mais si tel est ton destin caché nous ne pouvons nous y opposer. Va, Wadâa, et trouve ta voie, dit un jour la mère à sa fille, après avoir convaincu son mari.

Puis elle présida elle-même à tous les préparatifs du voyage. Deux chamelles, la plus robuste d'entre toutes pour porter les bagages et la plus légère et gracile en monture, une grosse bourse de pièces d'or, des provisions à n'en plus finir, et tout superflu qui pouvait lui paraître nécessaire au confort de sa fille. Sans oublier, la nuit précédant le départ, sous le voile de l'obscurité, de se faufiler jusqu'à l'enclos des bêtes pour glisser un tout petit cauri dans un pli secret du harnachement de la plus légère des chamelles et de réciter pour la protection de Wadâa une ultime prière.

Le lendemain, après avoir fait ses adieux à ses parents et essuyé ses larmes, Wadâa s'était mise en route sans savoir quel chemin au juste allait la mener jusqu'à ses sept frères. Serait-il court, serait-il long ? Serait-il une simple promenade de santé ou serait-il peuplé de dangers, de monstres à terrasser, d'aventures et de splendeurs ? Ainsi elle débuta sa quête *peuplant des pays et en dépeuplant d'autres**, interrogeant les gens au hasard des rencontres, sans qu'aucune réponse ne pût entamer sa résolution. Il lui suffisait de se fier à la pureté de son intention pour retrouver ses frères.

Accompagnée d'une servante et d'un serviteur choisis par son père parmi les plus fidèles, parée par sa mère comme si elle devait se présenter à ses propres noces, qui sans nul doute ne pouvaient être que princières, avec ses plus beaux bijoux et sa plus délicate vêture, Wadâa semblait échapper aux effets du voyage. Sur sa chamelle blanche, elle éblouissait tout regard qui se posait sur elle.

Quand les yeux sont troublés par tant de splendeurs et de richesses, les cœurs les plus fidèles parfois ne peuvent plus se mettre à l'abri de l'envie, ni les esprits les plus droits se prémunir de la forfaiture. Ses deux compagnons de voyage, qui étaient mari et femme tout dévoués à leur jeune maîtresse et attentifs à son bien-être et à son confort pendant les premières semaines, en vinrent à changer d'attitude quand la distance qui les séparait du point de

* Traduction littérale d'une expression utilisée traditionnellement dans les contes pour évoquer de longs voyages.

départ fut assez grande pour qu'elle ne pût plus espérer aucun secours. Son valet, à la fin d'une journée éprouvante, lui dit sur le ton de la plaisanterie :

— Demain tu devras nous céder ta place sur la chamelle.

Wadâa se contenta de sourire avant de sombrer, l'estomac vide, tant sa fatigue était grande, dans le sommeil. Mais le lendemain ce qui était une plaisanterie devint une injonction, autoritaire cette fois-ci :

— Maintenant tu vas nous céder la chamelle sur-le-champ, lui dit-il.

Surprise par le ton, elle prit, néanmoins, le temps de vérifier qu'aucun des deux n'était souffrant avant de refuser. Le jour suivant ce qui était devenu une injonction se révéla être une menace sans fard. Wadâa comprit alors que le valet n'hésiterait pas à utiliser la force pour parvenir à son but et s'apprêta à lui obéir. A cet instant une voix énigmatique, sortie de nulle part, se mit à tonner :

— Ingrats, avez-vous déjà oublié les promesses que vous nous aviez faites ? Avez-vous oublié à qui vous avez affaire ? Continuez à prendre soin de notre unique fille sinon…

Pris de terreur, le valet et sa femme invoquèrent la fatigue du voyage pour justifier leur comportement :

— Wadâa est comme notre fille, nous ne lui voulions aucun mal, c'est juste la fatigue qui nous fait déraisonner, dirent-ils de concert avant de marmonner quelques mots d'excuse et de reprendre la route.

Mais l'effet de la frayeur ne pouvait anesthésier pour toujours ce qui obsédait un esprit humain alléché par un gain facile et la vulnérabilité de la proie.

— Si nous arrivons à endormir sa vigilance peut-être nous révélera-t-elle le secret de cette voix, dit la femme à son mari.

Ils n'avaient bien sûr ni changé d'intention ni renoncé à leur idée. Leur but désormais était de trouver la provenance de cette intervention mystérieuse, d'en percer l'énigme pour évaluer les risques qu'ils encouraient avant de réaliser leur dessein. Sous les dehors d'une attitude de nouveau serviable et attentionnée, ils réussirent petit à petit à regagner la confiance de Wadâa. Chemin faisant, à plusieurs reprises et sous prétexte de questions anodines, chacun à son tour, ils firent devant elle des allusions à la voix pour la faire parler mais, comme elle n'en savait pas plus qu'eux, elle ne put leur être d'aucun secours et faillit même leur avouer son ignorance quand leurs questions devinrent directes.

N'ayant obtenu aucune indication susceptible de les aiguiller alors que les jours succédaient aux jours, ils fouillèrent, une fois leur maîtresse endormie et la nuit bien avancée, dans ses affaires à la recherche de quoi que ce fût, talisman ou autre objet de protection, qui aurait pu les aider à percer le secret.

Leur fouille méthodique achevée sans plus de résultats, exaspérés, le matin suivant, décidés à aller jusqu'au bout de leur forfaiture quelles qu'en fussent les conséquences, ils ordonnèrent à la jeune fille de leur céder sa place et sa chamelle. Quand la voix intervint avec les mêmes mots que la première fois, le valet à l'affût comprit que l'objet de sa recherche n'était ni sur Wadâa, ni dans ses affaires, mais se trouvait quelque part sur la chamelle. Comme elle ne cessait de répéter son avertissement "Ingrats, avez-vous déjà oublié les promesses que vous nous aviez faites. Continuez à prendre soin de notre unique fille sinon...", il réussit après beaucoup d'acharnement à repérer avec précision l'endroit d'où elle émanait. C'était le petit cauri magique, dissimulé par la mère de Wadâa dans un pli secret du harnachement, qui parlait.

Au comble du bonheur, le valet et sa femme, assurés que l'avertissement n'était que mots sans réelles conséquences, le jetèrent aussi loin que possible, firent descendre Wadâa de la selle, la dépouillèrent de ses habits, ses bijoux et tout ce qu'elle possédait de valeur et la déguisèrent en garçon pour éviter l'opprobre. Au cas où sur leur chemin ils viendraient à rencontrer quelqu'un qui les aurait sans doute accablés de voyager tous les deux montés en laissant une fillette à peine pubère marcher derrière eux.

— Désormais tu es à notre service et ne t'avise pas de nous dénoncer car ton châtiment sera la mort, lui dirent-ils.

Tous les trois reprirent le voyage, eux sur la chamelle blanche et elle dans leur sillage, conduisant la seconde chamelle, habillée de hardes et terrifiée à l'idée de ce qui lui arrivait. Trop jeune et peu habituée à parcourir à pied de longues distances, elle ne faisait que retarder leur progression alors qu'ils étaient très pressés de s'éloigner le plus possible du pays de ses parents. Aussi décidèrent-ils de s'en débarrasser à la première occasion. Celle-ci ne tarda pas à se présenter. Après quelques jours, lors d'un crépuscule qui ensanglantait le ciel, leur chemin vint à croiser un campement de nomades.

— Que la paix soit sur vous, gens de bien, dit le valet en se dirigeant vers la tente la plus grande. Nous demandons l'hospitalité pour la nuit.

Reçus avec les honneurs dus à tout voyageur, ils se virent offrir sur-le-champ une écuelle de lait de chamelle pour étancher leur soif, une outre d'eau pour se débarbouiller et se rafraîchir, un repas copieux pour se sustenter, et enfin une couche qui fut préparée dans la tente des invités avec beaucoup d'égards. Ils passèrent la nuit dans les meilleures conditions possibles. Le lendemain, juste avant le départ, le valet s'adressa à ses hôtes en ces termes :

— Vous êtes vraiment des gens de bien et c'est pour cette raison que je m'en vais vous faire une proposition. Regardez ce jeune garçon qui nous accompagne, il est parfait à tous égards et il me coûte de vouloir m'en séparer. Hélas notre voyage est encore très long et j'ai peur des conséquences de la route sur lui. Si vous avez besoin d'un serviteur, je vous le vendrai à un prix dérisoire.

C'est le plus âgé d'entre leurs hôtes qui lui répondit.

— Effectivement, nous partons régulièrement à la chasse et nos femmes se plaignent, quand parfois nous nous absentons longtemps, d'avoir à s'occuper des troupeaux de dromadaires car nous n'avons pas beaucoup de serviteurs. Une aide nous serait très utile.

L'affaire fut conclue sans négociation ou presque, la générosité des nomades fut au-delà des attentes du valet et de sa femme, qui comptèrent et recomptèrent les pièces de la transaction. Soulagés, mais sans oublier d'être sur leurs gardes, toujours le verbe mielleux, ils remercièrent leurs hôtes et s'empressèrent de quitter les lieux en donnant de fausses indications sur leur destination.

*

Ainsi débuta la nouvelle vie de Wadâa. Déguisée en garçon, l'âme en peine, elle se réfugia dans le silence, résignée à vivre son sort au service des habitants du campement.

Sa principale tâche chez ses nouveaux maîtres consistait à s'occuper des dromadaires. Chaque jour, à peine le soleil disputait-il quelques miettes de relief à l'obscurité que Wadâa, ayant déjà regroupé le troupeau, partait à sa tête en direction de l'ouest. Traversant des cordons de dunes avant qu'ils ne fussent chauffés à blanc, puis un plateau rocailleux au relief lunaire où le vent sculptait à sa guise dans la roche et jouait de ses innombrables voix sur toutes les gammes de la solitude et de la peur, elle arrivait enfin des heures plus tard dans le lit d'un oued asséché où se situaient les derniers pâturages. Elle ne revenait au campement que quand dans son dos l'astre était sur le point d'être recouvert par la paupière de la nuit et que l'étoile du berger, au firmament, prenait place.

Si, les premières semaines, la traversée du plateau lui semblait périlleuse et nourrissait en elle le sentiment de la plus atroce des solitudes, l'habitude avait fini par la gagner dans cette vie de captivité et de labeur où, pour elle, les jours succédaient aux jours sans trop différer et les nuits aux nuits sans que personne ne devinât sa plainte silencieuse qui devait autant à l'interruption de sa quête qu'à sa nouvelle condition. Mais dans cette lente succession du temps, ses nouveaux maîtres décelèrent quant à eux un changement et ne cessèrent dès lors d'y prêter attention. Leurs bêtes perdaient sensiblement du poids au lieu d'engraisser. Aussi l'aîné des hommes, qui était encore jeune, vint-il un jour retrouver Wadâa au moment de son retour pour lui poser des questions :

— Dis-moi, mon garçon, y a-t-il encore assez d'herbe dans les pâturages ?

Wadâa, qui tenait à ce qu'on ne sût pas sa véritable identité, pensant que son déguisement de garçon était mieux à même de la protéger, limitait toujours au strict nécessaire les contacts avec les hommes comme avec les femmes du campement.

Elle répondit par l'affirmative tout en simulant l'empressement au motif d'une tâche quelconque.

— Et elle est comment, l'herbe, jaune et sèche ou verte et grasse ?

— Verte, répondit-elle sans prêter plus d'attention, ni s'attarder plus que ça.

Alors l'homme, songeur, s'en alla, encore plus intrigué.

Mais ce qui n'était qu'intriguant devint, à mesure que les bêtes perdaient du poids, un véritable objet d'inquiétude collective. Et tous les soupçons et les doigts accusateurs étaient dirigés vers Wadâa.

— Peut-être que ce jeune berger ne fait pas ce qu'il faut, dit l'un.

— Peut-être qu'il ne mène pas les bêtes au bon endroit, dit l'autre.

— Peut-être qu'il cherche à nous nuire en faisant dépérir de faim nos troupeaux, dit un troisième.

Ne voulant pas porter des accusations sans preuves, les hommes décidèrent d'envoyer le plus jeune d'entre eux enquêter afin de trouver le fin mot de l'histoire. Il fut chargé de suivre Wadâa pendant sa journée de travail, sans se faire remarquer.

Le jour suivant, tout à sa mission, le jeune homme arriva à l'endroit des pâturages et se cacha derrière un monticule pour surveiller les troupeaux et le comportement du jeune berger quand il l'entendit entonner un chant déchirant qui touchait la part la plus obscure de l'être. Même les bêtes ne pouvaient y résister.

> *Je suis Wadâa, le jour de ma naissance j'ai perdu sept frères*
> *Et je perds maintenant ma mère et mon père*

> *Libre et habituée à l'aisance*
> *Me voilà captive et livrée à une funeste destinée*
> *De sédentaire me voilà devenue l'enfant de toutes les errances*

Certains disent que l'on voyait des larmes couler des yeux languides des chameaux, sensibles au chant et aux malheurs de Wadâa. Abandonnant les pâturages, ils se regroupaient autour d'elle pendant qu'elle chantait et ne bougeaient plus pour le reste de la journée, cessant même de brouter l'herbe.

A la fin du chant le jeune homme qui la suivait, lui-même touché au point d'avoir laissé échapper quelques larmes, sécha ses yeux et vint la voir.

— Quel est donc ce chant, jeune berger ? Et qu'est-ce donc que cette voix ? On dirait une voix de femme...

Wadâa, surprise dans ce moment d'intimité où d'habitude seuls les chameaux, les dunes, la rocaille et le vent composaient son auditoire, resta silencieuse.

— Si tu ne me dis pas tout et tout de suite, je finirai par croire que c'est un sortilège que tu jettes sur nos bêtes, et dans ce cas le pire des châtiments te sera réservé, reprit le jeune homme.

Wadâa, avec beaucoup d'hésitation dans la voix, lui dévoila sa véritable identité et lui raconta son histoire dans le détail depuis sa naissance et l'exil de ses frères jusqu'aux péripéties et malheurs de son périple pour les retrouver. Elle n'avait pas fini de parler qu'elle fut soulevée du sol et hissée derrière lui sur sa monture. A bride abattue il chevaucha en direction du campement, porté par une force impérieuse.

Arrivé à destination, tandis que les hommes ayant déjà aperçu de loin la poussière soulevée par le cheval dans sa course s'étaient regroupés, il demanda à Wadâa de répéter à leur attention toute son histoire. Le récit n'était pas encore achevé que des cris de joie fusèrent. L'aîné la prit dans ses bras, mais la voyant toujours perplexe et rétive il lui dit :
— Regarde autour de toi, il y a combien de tentes hormis la tienne et celle des invités ?
— Sept, répondit-elle.
— Et nous, nous sommes au nombre de combien ?
— Sept.
— Nous sommes tes sept frères.

Wadâa, n'en croyant pas ses oreilles, les vit faire cercle autour d'elle, chacun son tour la prenant dans ses bras, les entendit lui raconter les circonstances de leur départ le jour de sa naissance. Leurs femmes ne tardèrent pas à les rejoindre et, les présentations faites, un bain et des habits dignes d'elle furent préparés.

A peine sa toilette finie, elle retourna auprès de ses frères, et ne les quitta pas de toute la journée. Les langues se délièrent, chacun d'entre eux allant de sa petite anecdote, ils parlèrent de leur exil, des faits saillants de leur vie de nomades, de leurs mariages...

Une de ces somptueuses fêtes dont seuls les nomades avaient le secret fut organisée, l'invitation lancée à des centaines de kilomètres à la ronde, des agneaux de lait et des chamelons par dizaines furent immolés, de grandes tentes dressées, tous les ustensiles de cérémonie, dinanderie, tapis, argenterie furent sortis, astiqués et installés. La fête dura sept jours et sept nuits, les invités affluèrent de très loin, les fantasias, les courses de chevaux et de chameaux ainsi que les joutes poétiques et musicales marquèrent les mémoires pour très longtemps.

Wadâa, vite devenue le centre de la vie de ses frères, ne savait plus où donner de la tête. Au comble du bonheur de s'être découvert une sœur, ils l'entouraient tous les sept de leurs soins et de leur attention et rivalisaient pour satisfaire, voire devancer, le moindre de ses désirs.

Dès le lendemain de la fête, ils choisirent pour elle un jeune pur-sang, lui apprirent à le monter et à le maîtriser. Devenue bonne cavalière en quelques mois, dès lors elle ne les quitta plus. Elle les accompagnait partout dans leurs moindres déplacements, pour s'approvisionner dans quelque campement proche ou une bourgade à bonne distance ou pour conclure des affaires dans une ville lointaine, ou pour la chasse. Les sept frères, chasseurs confirmés, s'y adonnaient souvent et n'hésitaient jamais à quitter les leurs et parcourir des distances phénoménales pour dénicher des contrées où le gibier n'était pas rare.

*

Un peu plus d'une année s'était écoulée de la sorte et Wadâa était toujours sur un nuage. Pour les femmes de ses frères, qui n'étaient pas forcément mécontentes de découvrir l'existence d'une belle-sœur surgie du néant, les choses étaient différentes. Elles commencèrent à concevoir de la jalousie envers elle quand ce qu'elles considéraient comme un moment transitoire s'éternisa : Wadâa restait encore et toujours le centre d'intérêt exclusif de leurs époux. Elle ne participait pas aux tâches ménagères, elle ne tissait pas, elle ne s'occupait plus des chameaux, elle était gâtée par ses frères, cajolée, chérie au plus haut point et cela durait plus que de raison, c'en était trop pour les plus excédées.

Quatre de ses belles-sœurs, dont la haine et la jalousie n'avaient plus de limites, se concertèrent et ourdirent un complot. La femme du frère aîné, qui était au fait de certaines choses de la magie, se procura l'œuf d'un serpent et un soir de pleine lune procéda à tout un rituel et prononça force incantations pour l'ensorceler avant de confectionner des pâtisseries et de l'enfouir dans la plus grosse d'entre elles.

— Wadâa est avec vous tous les jours, du matin au soir, nous les femmes nous n'avons pas du tout eu le temps de la connaître et de profiter de sa présence, c'est fort injuste. Je te demande de la laisser parmi nous au moins aujourd'hui, dit chacune à son mari qui se préparait à partir à la chasse.

Les sept frères, malgré leur désir profond de garder auprès d'eux leur sœur, convinrent de la justesse des arguments des femmes et acceptèrent la proposition.

A peine étaient-ils partis que la femme de l'aîné les invita toutes sous sa tente et sortit le plat de friandises avec en plein milieu et au-dessus du lot celle qui contenait l'œuf. Elle le présenta en premier, comme convenu à l'avance, à une de ses complices. Celle-ci fit mine de jeter son dévolu sur la pâtisserie la plus grosse.

— Non, lui dit l'hôtesse, celle-ci est pour celle d'entre nous qui est prête à prouver qu'elle aime ses frères plus que tout au monde en l'avalant d'un coup sans la croquer.

— C'est un peu léger comme preuve d'amour, dit Wadâa en toute innocence.

— Alors si c'est léger pourquoi ne le prouves-tu pas ? rétorqua l'épouse du deuxième frère.

Mise au défi, elle s'exécuta sans hésiter.

Les belles-sœurs admirent que l'épreuve, aussi légère fût-elle, témoignait de l'amour que portait Wadâa à ses frères. Les quatre d'entre elles à l'origine du complot se gardèrent de montrer leur ressentiment et leur jalousie et toutes rirent ensemble. La bonne humeur et la joie l'emportèrent pendant cette journée où beaucoup de jeux et de défis furent improvisés.

Cette parenthèse refermée, la vie du campement reprit ses habitudes quotidiennes non sans une légère fébrilité latente. La saison de la transhumance, celle qui fait palpiter le cœur de tout nomade, s'annonçait pour bientôt. La préparation du départ sur les sentes de l'errance, vers d'autres cieux à la recherche de nouveaux pâturages et de nouveaux paysages, avait déjà débuté.

Quant à Wadâa, l'œuf de serpent ensorcelé ayant éclos rapidement, son ventre commença à grossir d'une manière incompréhensible, et elle se mit à faiblir au point qu'elle n'était plus, au bout de quelques semaines, en capacité de suivre ses frères dans leurs différentes expéditions et sorties. Inquiets de l'entendre, elle si jeune et si espiègle, d'habitude si endurante, se plaindre souvent de douleurs, de nausées, de vertiges, et soucieux de la voir de moins en moins capable de se déplacer à cheval ou à chameau, ses frères différèrent le départ alors que tout était prêt. L'aîné d'entre eux, assailli par les craintes et les angoisses, s'en lamenta un soir auprès de sa femme.

— J'ai de très de profondes inquiétudes sur l'état de santé de Wadâa et je ne sais quoi faire. De surcroît cela tombe dans un mauvais moment. Nous devons bientôt nous mettre en route, lui dit-il.

— Je ne veux pas être cause de discorde, je préfère ne rien dire.

— Si tu sais quelque chose tu dois m'en parler, rétorqua-t-il.

— Je ne parlerai que si tu me promets de ne pas t'emporter contre moi.

— Promis.

— Ta sœur est enceinte, lui dit-elle.

— Ce n'est pas possible, elle ne peut pas l'être. Elle est tout le temps avec nous, quand et comment aurait-elle eu l'occasion de rencontrer quelqu'un et de commettre ce forfait ?

— Si tu ne me crois pas tu n'as qu'à venir avec moi. A cette heure-ci elle doit dormir, je te montrerai son ventre sans qu'elle s'en aperçoive.

Ainsi fut fait, et comme rien ne ressemble mieux à une vraie preuve qu'une fausse preuve, le ventre de la jeune fille fut pris pour ce qu'il n'était pas et la grossesse validée par l'aîné des frères et par conséquent par tous les autres. Aussi, le soir même, pour la punir de ce qu'ils considéraient comme un forfait, ils décidèrent de l'abandonner à son destin. Deux nuits plus tard, sous le couvert de l'obscurité, ils partirent la laissant seule sous sa petite tente accompagnée en tout et pour tout par son cheval, son chameau, plus deux ou trois chèvres. Au réveil, Wadâa se rendant compte de leur départ tenta bien de se mettre en route à leur recherche mais, très faible, elle ne put rien faire que s'aliter et se résigner à accepter son sort.

*

Quelques semaines plus tard, alors que le ventre de Wadâa avait démesurément grossi, un jeune cavalier vint à passer en milieu de journée à proximité de sa tente. Il s'arrêta et demanda de l'eau pour abreuver sa monture. Comme aucune réponse ne lui parvenait, il se permit de relever un des pans qui couvraient l'entrée et s'arrêta net à ce qui s'offrait à son regard.

— Suis-je en présence d'un être humain ou d'un djinn ? dit-il surpris à la vue du corps de Wadâa déformé par sa grossesse.

— Je suis humaine, mais j'espère, noble voyageur, qu'à la beauté de votre allure répondent celle de vos actes et la bonté de votre cœur, dit-elle après avoir détaillé le jeune étranger.

— Mille pardons, jeune femme, pour avoir troublé votre intimité sans que vous m'y ayez autorisé.

— Humaine je suis, ajouta-t-elle alors, et des meilleures. Hélas, terrassée par la maladie, je ne peux répondre au devoir de l'hospitalité.

— Ne vous en faites pas pour ça, noble jeune femme, malgré votre maladie, votre parole et les traits de votre visage témoignent amplement de votre noblesse et de votre beauté.

— Si j'étais en meilleur état, au devoir d'hospitalité se serait adjoint le plaisir de vous servir. Hélas. Je regrette, noble et beau voyageur, de ne pas être en mesure de vous offrir de ma main ce qui vous revient de droit. En revanche je vous invite à disposer de ce qui est à votre portée.

— Laissons cela de côté pour le moment. Maintenant que je vous vois, je n'ai nul autre besoin ni autre désir que de me reposer auprès de vous et au besoin de vous servir.

— Vous pouvez vous reposer ici le temps qui vous sera nécessaire, mais à une condition : lorsque vous repartirez, vous emmènerez dans votre sillage mon cheval, mon chameau et mes chèvres. Sans doute aucun la mort ne tardera pas à mettre fin à mes souffrances, et je n'en aurai nul besoin.

— Je ferai ce qui vous plaira, mais dites-moi d'abord : de quoi souffrez-vous ?

— De deux maux : le premier meurtrit et déforme mon corps et le second, l'abandon des miens sans explications, meurtrit mon cœur et mon âme.

— Mais le premier n'est-il pas le mal que toute jeune femme souhaite connaître, n'êtes-vous pas simplement enceinte ?

— Non, noble voyageur. Je n'ai eu de commerce avec aucun homme qui ne fût en présence de mes sept frères. Et puis, a-t-on déjà vu grossesse aussi monstrueuse ?

— Alors, je suis curieux de vous entendre. Je vous prie de m'en dire un peu plus sur le premier comme sur le second, dit-il en s'asseyant.

— Le premier, commença Wadâa, je n'en connais ni la raison ni l'origine, quant au second...

Elle lui raconta une partie de ses aventures, le moment où elle quitta ses parents et les épreuves qu'elle avait endurées avec son valet et sa servante, les retrouvailles inespérées avec ses frères, le bonheur qu'elle eut à vivre parmi eux, à les côtoyer chaque jour du matin au soir comme si elle était le huitième garçon de la fratrie, à les accompagner partout et particulièrement dans les longues expéditions de chasse, puis le moment où survint sa maladie et leur départ discret lors d'une nuit sans lune en la livrant à la solitude.

— Les temps qui ont précédé l'apparition de votre mal, avez-vous changé quelque chose à vos habitudes ? Avez-vous eu à manger ailleurs que chez les vôtres ? Avez-vous ingéré quelque nourriture qui ne fût commune et habituelle ?

Non, s'apprêtait-elle à répondre, quand elle se souvint de cette journée passée entièrement avec ses belles-sœurs, unique changement dans ses habitudes, unique moment où elle avait quitté la compagnie de ses frères. Elle lui en parla dans le détail, jusqu'au défi que l'aînée d'entre les femmes lui avait lancé.

Le cavalier, qui s'était initié dès son jeune âge aux choses de la magie et en connaissait beaucoup sur la question, avait deviné, du premier regard, le mal qui ravageait la santé de Wadâa mais, précautionneux, il tenait par ses questions à en connaître l'origine criminelle, à s'assurer qu'il ne commettait pas d'erreur et surtout à apprendre ce qu'elle-même savait sur son propre état.

— Je vais partir maintenant, lui dit-il, mais je reviendrai demain dans la matinée.

— Si ma beauté et ma santé ne s'étaient altérées avec mon mal, j'aurais eu prétention à vouloir être aimée de vous autant que tout ce que vous faites naître dans mon cœur et je vous aurais dit, comme le poète, j'attends votre retour sur les braises, mais dans mon état que puis-je espérer d'autre que la mort, mon jeune ami ?

— C'est moi qui serai sur les braises en attendant d'être à nouveau auprès de vous, dit-il en partant à toute bride dans un tourbillon de poussière.

Le lendemain, le jeune cavalier revint en traînant dans son sillage un agneau de lait à moitié noir et à moitié blanc. Il se présenta à Wadâa, la salua et lui dit :

— Je crois que je suis en capacité de vous guérir du premier de vos deux maux, mais je vous demande de me faire confiance et de vous conformer à tout ce que je vous dirai. Et ne prenez pas ombrage si je ne réponds pas à vos questions. Acceptez-vous ?

— Oui, lui dit-elle, j'accepte, même si je n'aspire à aucun miracle. Et quand bien même j'espérerais une guérison, le bonheur de vous voir et d'être à vos côtés avant ma mort surpasse tout espoir.

Il ressortit de la tente, alluma un feu puis prit l'agneau, l'allongea, répéta beaucoup de formules, comme la veille : après avoir quitté Wadâa, le jour précédent, il s'était rendu dans un bourg lointain où il avait cherché et trouvé un agneau avec des caractéristiques précises. Il l'avait acheté et s'était dirigé vers un mausolée isolé dans le désert qu'il avait atteint à la minuit. Sous une lune pleine, il avait accompli un rituel et prononcé maintes incantations avant de reprendre, sans s'être reposé, la route pour arriver auprès d'elle en milieu de matinée.

Il tua l'agneau, le dépeça et le mit sur les braises préparées à cet effet. Il prit ensuite dans sa besace du sel en très grande quantité et en saupoudra la viande qu'il présenta dans un grand plat à Wadâa. A peine eut-elle mordu dedans qu'elle en cracha la majeure partie.

— Elle est immangeable, dit-elle, elle est trop salée.

— Vous avez accepté de faire tout ce que je vous demanderais, répondit-il, vous devez manger toute la viande jusqu'à la dernière bouchée.

Wadâa se rappela la parole donnée et n'eut d'autre choix que de se conformer à l'exigence du jeune cavalier. Elle se força à manger mais, à peine le premier morceau fini, elle réclama de l'eau. Il refusa de lui en donner.

— Pourquoi ? l'interrogea-t-elle avec un début d'exaspération.

Pour seule réponse il lui rappela sa parole. Alors de nouveau elle mangea non sans envie de vomir à chaque bouchée. Quand son repas fut achevé, le cavalier lui attacha les mains dans le dos puis, par les pieds, il la suspendit à une poutre de la tente.

— Il y a des morts plus douces que celle que vous me réservez, lui dit-elle les larmes aux yeux et la voix emplie de déception.

Encore une fois il ne dit rien. Il disposa sous sa tête une grande écuelle pleine d'eau et attendit.

L'énorme serpent qui vivait dans les entrailles de Wadâa, sous l'effet du sel, de la soif et du rituel magique, se mit en branle de son ventre en direction de sa bouche. Dès qu'il aperçut l'écuelle d'eau il précipita sa tête pour l'atteindre. Le jeune cavalier, un genou au sol, aux aguets sabre en main, la trancha d'un coup, et d'un geste fulgurant agrippa la partie suspendue à la bouche de Wadâa et acheva de l'extirper de son ventre. Il prononça rapidement quelques incantations, recueillit un peu de l'eau où gisait la tête dans une petite outre et rangea le corps du serpent dans une sacoche en cuir. Ensuite il dénoua les liens de Wadâa qui, terrorisée à la vue du monstrueux serpent sorti d'elle, perdit connaissance, et il l'installa sur sa couche.

Dès qu'elle fut réveillée, il lui fit prendre une décoction d'herbes, l'aida à se laver et prit le temps de lui expliquer dans le détail l'origine de son supplice, la pâtisserie préparée par ses belles-sœurs étant la cause et le début de tous ses malheurs. Elle tomba dans ses bras et ne cessa de pleurer toutes les larmes de son corps.

Le jeune cavalier s'occupa de soigner Wadâa sur place, le temps pour elle de recouvrer quelques forces. Quand elle fut en état de se déplacer, il entreprit avec elle un voyage de quelques jours pour l'installer jusqu'à sa complète guérison dans une grande tente richement décorée, qu'il fit dresser à cet effet à quelques heures d'un bourg important.

Si ce qui mène un jeune homme à une jeune femme devait être comparé à une voie, dans leur cas le langage des yeux l'avait défrichée, celui des mots l'avait balisée, celui des actes aplanie et celui des corps en fit la plus royale des voies. Wadâa s'étant remise, ayant recouvré et sa santé et la splendeur de sa beauté, dans un temps relativement court leurs noces furent célébrées et, avant que leur première année de mariage ne se fût achevée, naissait leur premier enfant.

*

Plusieurs années d'une vie paisible s'écoulèrent lorsqu'un voyageur se retrouva à proximité de leur campement au moment où le jour, ne tenant plus qu'au fil des rayons finissants du soleil derrière la ligne rougeoyante de l'horizon, n'allait pas tarder à expirer. Aussi il demanda l'hospitalité pour la nuit.

Le mari l'accueillit comme l'exigeaient les us et le pria, une fois sa toilette finie, d'entrer et de se mettre à l'aise dans la partie réservée aux invités. Wadâa de son côté s'affaira en compagnie de ses servantes à préparer le repas. Elle eut le temps d'apercevoir l'étranger à son arrivée sans être vue par lui et reconnut le plus jeune de ses frères. Elle appela alors son fils et lui dit :

— Rappelle-moi ce soir de te raconter l'histoire de mes sept frères.

Bien après que l'obscurité fut venue délivrer le monde de ses fureurs et bien après que le dîner fut consommé, le petit garçon quitta les deux hommes qui s'échangeaient des informations et discutaient de choses et d'autres et rejoignit sa mère derrière la toile de séparation.
— Maman, tu me racontes une histoire ?
— Non, je suis fatiguée ce soir.
— S'il te plaît maman, au nom de l'amour que tu portes à tes sept frères.
— Quelle histoire veux-tu écouter ?
— Celle de tes sept frères.
— Et maintenant, dit-elle, que la nuit a parfaitement étendu sur nous la soie légère de sa voilure parsemée de pierres précieuses qui brillent au firmament, il est temps, mon cœur, avant que ne vienne te cueillir la paupière du sommeil, de te conter l'histoire de Wadâa et de ses sept frères avec leurs sept chevaux, leurs sept chameaux, leurs sept sabres.

Wadâa avait à peine commencé à parler des aventures de ses frères lorsqu'elle les accompagnait à la chasse que l'invité, qui avait tendu l'oreille et suivi le dialogue entre la mère et son enfant, intrigué, demanda au mari s'il lui était possible de connaître le nom de sa femme. Et sans attendre sa réponse, il lui expliqua qu'il était d'une fratrie de sept garçons, qu'ils avaient une sœur qu'ils avaient dû abandonner pas très loin de ce pays, et qu'ils pensaient qu'elle était morte. Avant même que son prénom ne fût prononcé, Wadâa tira la toile de séparation et se fit connaître. Le frère et la sœur tombèrent dans les bras l'un de l'autre. Une fois les nouvelles échangées sur le reste de la fratrie, le mari en profita pour chercher le sac en cuir où était rangée la dépouille asséchée du serpent et raconta dans le détail sa rencontre avec Wadâa, l'origine de son mal et les moyens d'en venir à bout – sans cacher qu'il avait des connaissances dans le domaine de la magie – et il ajouta :

— S'il m'était donné de rencontrer les coupables un jour je les châtierais sans hésiter.

Le plus jeune des frères de Wadâa le prit au mot.

— Eh bien, lui dit-il, je t'offre cette occasion. Je vous conjure, toi et ma sœur, de vous joindre à moi, partons tous ensemble pour retrouver notre campement qui n'est qu'à une semaine de voyage d'ici. Wadâa vivra de nouveau avec ses frères et toi tu pourras punir les coupables à ta guise.

— D'accord, répondit Wadâa, impatiente de revoir ses frères.

Pour partir le plus tôt possible, Wadâa et son mari confièrent leur tente, leur troupeau et tous leurs biens à leurs serviteurs qui devaient les rejoindre plus tard. La nuit même ils rassemblèrent le nécessaire du voyage et, au matin, ils se mirent tous en route.

Rien ne pouvait modérer ni l'impatience de Wadâa ni le train qu'elle imposa à tous ses compagnons, et en moins d'une semaine ils parvinrent à proximité de leur destination. Le plus jeune des frères se détacha de la petite caravane et prit de l'avance. Il rejoignit le campement, retrouva ses frères, les regroupa ainsi que leurs femmes dans la tente commune sans leur en divulguer la raison. Il fit signe ensuite à sa sœur, son mari et leur enfant de les rejoindre. La surprise était totale et tous manifestèrent leur bonheur de la retrouver saine et sauve. Les retrouvailles consommées en embrassades et autres marques de joie, Wadâa fit le récit de ses péripéties et expliqua l'origine de son mal. Les coupables, comme il est de tradition, furent les premières à protester de leur innocence. Le plus jeune des frères s'adressa alors à tous, parla du châtiment que son beau-frère réservait aux coupables et l'invita à l'exécuter sur-le-champ. Ce dernier prit l'outre dans laquelle il avait conservé l'eau de l'écuelle où il avait tué le serpent et s'apprêta à accomplir sa mission quand Wadâa lui dit :

— Je te prie, mon mari, pour l'amour que nous nous portons, et pour l'amour de notre enfant, de les transformer en quelque animal domestique, pour qu'elles puissent continuer à vivre parmi nous jusqu'à la fin de leur châtiment, plutôt qu'en serpent, tel que tu prévoyais de le faire.

Le mari sans répondre déboucha la gourde, récita quelques incantations, ajouta "Par la volonté d'Allah, que celles qui sont coupables quittent la forme qu'Il leur a donnée et prennent celle de…", puis il aspergea toutes les femmes présentes. Sur le coup, quatre d'entre elles se transformèrent en chiennes.

Quelques mois plus tard, tous les préparatifs achevés, Wadâa, accompagnée de son mari, de son enfant, de ses sept frères, entreprit le dernier de ses voyages, celui qui allait lui permettre de revoir ses parents.

Et notre histoire pénétra dans un bois pour égayer les saisons,
Et l'année prochaine nous aurons une belle moisson.

WELJA
OU
L'ERRANCE

Et voilà que le grand livre du monde revient pour s'entrouvrir entre nos mains et offrir à nos yeux ébahis d'enfants sans âge des contrées sans frontières, des havres minuscules, des déserts infinis et des êtres de sang et de chair, disait la conteuse. Transbordé de rive en rive aucun parchemin ne peut le contenir mais il peut s'accommoder de tous les alphabets, de tous les verbes, pour peu que son fil conducteur, son fil d'Ariane, trace son chemin entre les flots obscurs de la mémoire et les cieux lumineux de l'imaginaire.

Et voilà que d'entre ses pages, qu'un vent farceur feuillette à sa guise et tourne selon le hasard des raisons hors de toute saison, surgit, pour ce soir, un mot, un seul, le prénom Welja.

Depuis son plus jeune âge, sa douceur, son dévouement et sa beauté en faisaient un être à part. Quiconque, adulte ou enfant, par hasard ou par effet du destin, la croisait, ne pouvait y être indifférent et le plus souvent cherchait sa compagnie – un ange disait-on à son propos. Telle était Welja.

Jeune fille, elle n'avait rien perdu de ses qualités, au contraire : épanouie (tout pour elle était matière à s'épanouir), elle n'en était que plus appréciée de tous. Welja au cœur d'or la surnommait-on. Les siens – aussi bien sa mère et son père, des gens sans histoires, que son frère de quelques années son cadet – l'entouraient d'une affection indéfectible en retour de la sienne.

Nomade, de condition modeste, la famille vivait sous la tente, au gré des départs renouvelés, des pâturages et des saisons, en accord avec le jour et la nuit, avec l'abondance et le manque, avec la sécheresse et la pluie.

Quand la mère de Welja, femme solide et rompue aux vicissitudes de la vie transhumante, à la surprise générale, tomba malade, personne ne pouvait imaginer que sa maladie allait lui être fatale, sauf elle-même. A mesure que les jours passaient, elle se doutait bien que sa fin se rapprochait, et ses craintes sur l'avenir de ses enfants n'en étaient que plus profondes. Aussi fit-elle promettre à son mari, quelques heures avant de mourir, de ne pas se remarier tant que leurs deux enfants seraient trop jeunes pour voler de leurs propres ailes.

Le père, tout à sa douleur, ne songea même pas à sa promesse pour refuser les premières propositions de mariage que lui firent certains de ses amis quelques mois après l'enterrement de sa femme. Il consacrait toute son attention et son affection à ses enfants, les protégeant du mieux qu'il pouvait de leur propre douleur. Mais, le temps s'avérant capable en tout lieu d'étendre le voile de l'oubli et de cicatriser toute blessure, la tentation s'insinua en lui et sa capacité à tenir jusqu'au bout la parole qui le liait à sa défunte épouse s'en trouva amoindrie.

Une des voisines du campement, jeune veuve elle-même, qui ne manquait pas d'atouts et d'atours, avait des vues sur lui, faisait tout pour lui plaire et ne ratait jamais une occasion de lui être autant agréable qu'indispensable, n'était, selon toute vraisemblance, pas étrangère à ses doutes. Les charmes secrets qu'elle laissait entrevoir à cet homme sevré depuis assez longtemps, deux ans déjà, de la tendresse conjugale ébranlèrent sérieusement les derniers remparts de sa résistance.

De plus en plus sensible à ses avances à peine voilées ainsi qu'à toutes les attentions qu'elle lui manifestait, celles avouées et celles non avouables, et ne pouvant assumer seul toutes les tâches qui lui incombaient, du moins ce furent là les arguments qu'il présenta à ses enfants, il laissa de côté ses derniers scrupules et se résolut à l'épouser. "Vous deux, vous avez besoin d'une mère, et moi d'une femme", ajouta-t-il, gêné. Welja, qui pour avoir atteint un âge où on sait bien qu'entre les femmes et les hommes il n'y a pas seulement ce que les contes pour enfants veulent bien nous dire, n'y était pas opposée, au contraire ; elle balaya la gêne de son père d'un sourire, et accueillit sa résolution avec beaucoup d'enthousiasme. Seul son petit frère avait des réticences.

La période de sept jours, consacrée aux noces dans la tradition, n'était pas encore achevée que la nouvelle épouse qui continuait à cultiver, pour son mari et l'entourage, son image de belle-mère aimante, changea du tout au tout dans son comportement envers les enfants.

Si avant le mariage elle faisait tout ce qui était possible pour se faire aimer de Welja et de son frère, les visitait souvent, leur épargnait les tâches les plus difficiles pour leur âge, les cajolait, leur préparait des douceurs, une fois les noces célébrées, elle s'avéra être, tout au contraire, une marâtre de la pire espèce, d'une cruauté sans égale à leur égard.

Ils se retrouvèrent, du jour au lendemain et sans préavis, affectés aux besognes les plus ingrates et les plus dures. Souvent le père et sa nouvelle femme dormaient déjà depuis longtemps quand les deux enfants finissaient telle ou telle tâche, et s'affalaient de fatigue sans avoir rien mangé pour se réveiller à l'aube avant tout le monde et recommencer encore jusque tard dans la nuit.

De la nourriture ils ne voyaient plus que les maigres restes et parfois encore moins.

— Si vous vous avisez de dire quoi que ce soit à votre père ou à quelqu'un d'autre vous êtes morts, leur répétait-elle.

Cette année-là, le printemps commençait à peine quand, contrairement aux habitudes, la date de la prochaine transhumance fut, prématurément, fixée par le conseil des anciens. Les signes annonciateurs d'une sécheresse exceptionnelle s'accumulaient depuis l'automne, et lors de l'assemblée le doyen avait prévenu les autres en ces termes : "Il va falloir partir plus tôt dans la saison et, pour trouver des pâturages suffisants, il va falloir s'aventurer beaucoup, beaucoup plus loin que ces trente dernières années. Peut-être serons-nous obligés d'aller dans une contrée où de toute ma vie je ne suis allé qu'une seule fois, enfant, quand une grande sécheresse s'était abattue sur la terre."

Même si la perspective d'un départ hâtif bousculait le calendrier des habitants du campement, ils n'en perdirent pas pour autant leur nonchalance. Les nomades s'encombraient de peu de possessions hormis les animaux et le toit mobile, en une matinée les affaires pouvaient être empaquetées, les tentes pliées et les bêtes chargées.

Quand survint le jour en question, la marâtre, qui s'était bien gardée d'informer Welja et, son frère de la date exacte, se leva bien avant l'aube et, avant l'effervescence générale qui ne tarderait pas à s'emparer de tout le campement, elle les réveilla, les chargea chacun de deux toisons de laine de mouton fraîchement tondues, alors que la période de la tonte était lointaine, et leur ordonna :

— Allez laver cette laine. Et gare à vous si j'y décèle une seule impureté à votre retour. Je veux la voir briller.

— L'oued est presque à sec et la laine nécessite beaucoup d'eau pour être lavée, répondit Welja de bonne foi.

— Eh bien, il ne vous reste plus qu'à aller à la source de la grotte, l'eau y est encore suffisante.

— La source de la grotte ! Elle est loin ; il nous faudrait, chargés comme nous le sommes, pas moins d'une journée pour y aller.

— Eh bien, vous dormirez là-bas et vous reviendrez demain.

Et contrairement à son habitude elle se montra généreuse et leur permit d'emporter avec eux du pain, un peu de viande séchée et des dattes.

Pour ne pas perdre de temps, Welja, résignée, plaça les quelques victuailles dans un petit sac de cuir – se débrouillant pour prendre un peu plus que ce qu'avait concédé la belle-mère –, remplit son outre d'eau, ramassa deux petites couvertures, chargea trois toisons sur son dos, son frère se chargeant de la dernière, et se mit en route dans la fraîcheur matinale.

Les deux enfants arrivèrent à la source en milieu d'après-midi. Malgré l'épuisement et la chaleur, ils s'échinèrent, pendant des heures, à laver du mieux qu'ils purent les toisons de laine. Bien après le coucher du soleil ils se sustentèrent et s'endormirent. Le lendemain, laissant la laine quelque peu sécher pour être plus légère, ils profitèrent de la source autant pour prendre chacun un bain que pour jouer. Puis, en milieu de matinée, ils empruntèrent le chemin du retour.

Quelle ne fut pas leur surprise quand, arrivés à l'endroit du campement au moment du coucher du soleil, ils ne trouvèrent aucune tente. Hormis les traces au sol des feux de cuisine et les trous des piliers, il n'y avait pas signe de vie. Après avoir, successivement, cru s'être trompés de lieu, couru dans toutes les directions, appelé tous ceux qu'ils connaissaient, crié puis pleuré toutes les larmes de leur corps, ils finirent par se rendre à l'évidence. Tous, et jusqu'à leurs parents, étaient partis et ils ne savaient pas quelle était leur destination. Welja recolla alors les bribes de tout ce qui était arrivé et comprit enfin le stratagème de sa belle-mère. Elle voulait se débarrasser d'eux et elle avait réussi.

Morte de peur, elle savait que, seuls, ils n'avaient aucune chance de survie dans un environnement hostile comme le leur. Si les bêtes sauvages ne les dévoraient pas, la soif et la faim entraîneraient leur fin. Elle prit son frère pas la main et marcha jusqu'à la tombe de leur mère sans savoir ce qu'elle pouvait en espérer sinon se préparer tous deux à la rejoindre dans la mort.

A côté de la tombe elle pleura encore un long moment avant d'entamer, d'une voix qui fendait le cœur, un chant où elle racontait dans le menu détail ce qui leur était arrivé depuis la mort de leur mère et le mariage de leur père.

> *Regarde notre état et ce qui nous est arrivé,*
> *Enfants heureux avant-hier, orphelins hier,*
> *Et nous voilà livrés aux bêtes sauvages aujourd'hui...*

Ils passèrent la nuit blottis contre la tombe. A la différence de son petit frère qui, trop jeune pour saisir le caractère désespéré de leur situation, dormit profondément, le sommeil de Welja fut très perturbé, entrecoupé de cauchemars et de nombreux réveils. Au moindre souffle de vent, à la moindre reptation, au moindre craquement, elle ouvrait les yeux en s'attendant au pire. A l'aube, inquiétée par un bruit suspect, elle chercha à en déterminer la direction et la provenance malgré l'obscurité. N'y parvenant pas, elle décida de se rendormir quand elle entendit une voix, cette voix, la voix. Celle qu'elle n'avait pas oubliée, celle qu'elle ne pourrait jamais oublier. La voix de sa mère. Elle la consola longuement, avec les mots les plus affectueux qu'une mère puisse trouver devant son enfant désemparé. Puis, tendre et ferme à la fois, elle lui dit : "Le temps de se lamenter doit s'achever maintenant, arrête de pleurer ma fille. Vous devez vous mettre en route, ton frère et toi. Partez à la recherche du campement de ton père, prenez la direction de l'ouest et marchez sans peur, allez tout droit vous trouverez sans nul doute des gens pour vous offrir «l'eau et le sel» et la toile de la tente en refuge pour la nuit. Allez-y, je serai à vos côtés."

Suivant les indications de sa défunte mère, Welja, séchant ses larmes, réveilla son frère et le réconforta à son tour du mieux qu'elle pouvait. Elle, qui se trouvait désormais plus dans la position de la mère que de la sœur, lui offrit un peu des victuailles qui leur restaient, sans se servir elle-même, le prit par la main et se mit en route.

Les jours succédèrent aux jours, et les nuits aux nuits. Une fois leurs victuailles et provision d'eau épuisées, ils se nourrirent de ce que la générosité d'un premier voyageur rencontré au quatrième jour de leur périple, puis d'un second, puis d'un troisième, leur offrit, et poursuivaient toujours leur marche dans la même direction.

Au terme de trois semaines, ils crurent que leur fin était arrivée. Affaiblis et presque à bout de forces, taraudés par la soif et la faim, ils parvinrent au coucher du soleil aux abords d'une *guelta,* sans se douter de ce qui les attendait. Occupés à boire et à jouer dans l'eau, heureux de trouver un endroit où ils pourraient se reposer quelques jours, ils ne virent pas qu'une meute d'hyènes affamées prêtes à les déchiqueter entreprenait de les encercler. Quand ils réalisèrent sa présence aucune retraite n'était possible. Ils ne pouvaient plus rien faire sauf retarder l'inéluctable, et ils s'y employèrent à coups d'appels désespérés et de jets de pierres jusqu'à la tombée de la nuit.

Au moment où Welja et son frère se résignaient à une mort certaine, comme par miracle s'éleva soudain un fracas incroyable. Le galop de plusieurs montures résonna dans les entrailles de la terre. Les aboiements des sloughis transpercèrent l'obscurité. Et enfin, surgissant comme l'éclair, un groupe d'hommes dispersa *in extremis* les prédateurs.

Des nomades installés dans les environs, alertés par un berger qui avait entendu les cris des deux enfants, s'étaient élancés à leur secours. Ils les conduisirent jusqu'à leur campement et leur offrirent l'hospitalité.

Etonnés de voir une fille et un garçon si jeunes voyager seuls, ils les interrogèrent discrètement dès le lendemain. Welja, revenue de ses émotions après une bonne nuit de sommeil et un repas consistant, leur résuma leur situation. Compatissants, ils leur proposèrent de rester avec eux aussi longtemps qu'ils le souhaitaient :

— Toutes les tentes vous sont ouvertes, à commencer par la mienne où vous avez dormi cette nuit, leur dit leur hôtesse. Considérez que vous êtes des nôtres, tous nos enfants sont à partir d'aujourd'hui vos frères et sœurs, et tous les adultes vos parents.

Un peu moins de deux mois suffirent à Welja et son frère pour reprendre des forces. Bien rétablis de la fatigue du voyage et de ses nombreuses privations, ils manifestèrent rapidement leur souhait de repartir. Toutes les protestations de leurs hôtes qui voulaient les adopter n'y changèrent rien. Maintenant qu'ils avaient affronté plusieurs dangers, aucune difficulté n'était en capacité d'ébranler leur volonté. Décidés l'un comme l'autre à retrouver leur père.

Après avoir fait le plein de victuailles et d'eau, ils firent leurs adieux à tous, et particulièrement à la femme qui les avait accueillis et traités avec infiniment de tendresse tout au long de leur séjour, et reprirent le voyage.

Quelque temps plus tard, continuant à aller de l'avant vers l'ouest selon les instructions de leur défunte mère, ils pénétrèrent dans une contrée si lugubre, si déserte que même les serpents et les scorpions semblaient l'avoir quittée. Ils n'y rencontrèrent âme qui vive des jours durant alors que leur provision d'eau s'épuisait malgré toutes leurs précautions.

La soif recommençait sérieusement à les torturer quand, à la fin d'une harassante journée de marche, arrivés en haut d'un monticule sableux, ils virent en contrebas, comme surgie du néant, une grande mare. Sans remarquer que ses eaux étaient si troubles qu'aucun reflet ne s'y mirait, ni qu'aucune herbe ne poussait à sa proximité, Welja et son frère s'élancèrent dans sa direction.

Au moment où la voix de la mère résonna dans l'oreille de sa fille pour l'avertir de ne pas boire de cette eau car la mare était maléfique, il était déjà trop tard. Le jeune garçon, le plus assoiffé des deux, courant plus vite que sa sœur, était déjà accroupi au bord de l'eau et y puisait à deux mains.

Welja eut à peine le temps de le prendre dans ses bras et de commencer à pleurer qu'il se transformait déjà en faon.

De nouveau la voix de la mère s'adressa à la fille :

— Ma fille, il faut que vous partiez.

— Je ne peux pas, mère, regarde ce qu'il est advenu de mon frère.

— Même sous cette forme-là, il te suivra.

— Mieux vaut que je boive des eaux de cette mare pour étancher ma soif et me transformer aussi.

— Non, Welja, tu ne peux faire ça ni à toi ni à ton frère. Il faut que vous partiez.

— Je ne peux pas, mère ! Je suis à bout, je vais mourir de soif et de fatigue.

— Ecoute-moi bien, à une journée de marche vous sortirez de ce pays de la peur. Tu trouveras alors un oued à sec. Choisis l'arbrisseau le plus vert qui pousse dans son lit et creuse à son pied. Va, ma fille. Partez tout de suite, vous marcherez de nuit et au matin, sans nul doute, vous y serez.

Welja avait fini par obéir à la voix de sa mère et par puiser dans ses dernières ressources pour se remettre debout. Suivie de la jeune bête, elle reprit, tant bien que mal, sa marche dont chaque pas semblait être le dernier. Même si la traversée fut plus longue que ne l'avait prédit la mère, ils parvinrent au lieu indiqué et, procédant selon les instructions maternelles, ils purent enfin se désaltérer et s'adonner au repos.

Au terme de sa courte convalescence, Welja sollicita à plusieurs reprises sa défunte mère pour savoir ce qu'elle devait faire et où se diriger, mais la voix semblait avoir été engloutie par l'infinitude des paysages du désert, abandonnant Welja à elle-même. Aucune réponse ne vint la conseiller sur la marche à suivre, malgré son insistance. Une nuit, désespérant de l'entendre à nouveau, elle décida de ne plus compter que sur elle-même. "Il nous faut continuer le voyage pour trouver un lieu sûr pour toi. Dès demain nous repartirons", dit-elle à son frère. C'est alors que la voix se manifesta :

— Au-delà de cet oued je ne peux vous suivre. Mais je suis sûre maintenant que tu sauras faire pour le mieux. Va, ma fille, mon cœur vous accompagne en toutes circonstances. Mais n'oublie pas que maintenant ton frère est un faon. Evite de chercher la compagnie des humains sinon il deviendra une proie pour les chasseurs. Et si tu ne peux l'éviter, mets ton frère à l'abri avant d'entreprendre quoi que ce soit, dit la voix avant de s'éteindre définitivement.

Quelques jours plus tard, au moment où Welja, harassée, s'arrêtait dans un lieu abrité pour passer la nuit, le faon, apercevant pour la première fois un troupeau de gazelles, trotta dans leur direction. Ni le regard suppliant de sa sœur, ni ses cris ne l'empêchèrent, après une courte halte, de s'élancer à vive allure pour disparaître à la suite du troupeau.

Malgré les larmes qui inondaient son visage, Welja ne voulait pas céder à l'effondrement. Et espérant encore le voir revenir vers elle, elle résista longtemps au sommeil. Mais le désespoir plus encore que la fatigue la gagna et vint à bout de sa résistance. Sans s'en rendre compte, elle s'affala sur place et sombra dans un sommeil agité.

Aussi, quelle ne fut pas sa joie, le matin au réveil, quand elle découvrit son frère, sous sa forme animale, debout au-dessus d'elle, lui léchant le visage à l'endroit même où ses larmes avaient coulé la veille.

Une fois les retrouvailles célébrées, il fallait bien sûr repartir aussi vite que possible, les heures les plus fraîches étant les plus propices à l'effort. Le faon refusa de suivre sa sœur et réussit par son entêtement à la contraindre à changer de direction pour se placer dans son sillage, non sans quelques réticences.

Welja regretta encore moins de l'avoir suivi quand en début d'après-midi, du haut d'une butte, elle découvrit une grande mare, entourée de grands arbres, encaissée entre les flancs de plusieurs plateaux rocailleux.

Elle s'y précipita, s'y désaltéra, s'y baigna, faillit presque s'y noyer en jouant avec son frère, puis visita les alentours pour y découvrir des fruits sauvages comestibles et se rendre compte que l'endroit était en retrait, et ne semblait se trouver sur aucune grande piste. Le soir même elle était décidée. Elle allait s'établir là.

Elle vivrait dans le plus grand des arbres au bord de la mare, là où les bêtes dangereuses ne pourraient l'atteindre. Son frère partirait avec d'autres gazelles la journée et reviendrait le soir la retrouver là où le troupeau avait l'habitude de s'abreuver. "Ainsi je veillerai sur lui et n'en serai jamais séparée", pensa-t-elle.

*

Quelques années s'étaient écoulées quand un jour, le fils d'un sultan, quelques-uns de ses amis ainsi que sa garde rapprochée vinrent à passer par la mare où vivait Welja. Le jeune prince partait parfois loin de sa capitale, toujours à la recherche de lieux et de terrains propices à l'exercice de sa passion : la chasse.

Pourtant jamais jusqu'alors il ne s'était aventuré aussi loin du côté de ces plateaux rocailleux, n'était cette fois-ci le hasard de la poursuite d'un gibier coriace qui l'avait tant éloigné des pistes et mis sur le chemin de la mare.

De peur d'être découverte, Welja se cacha au plus haut de son arbre et se fit le plus discrète possible en espérant qu'ils n'allaient pas prolonger leur présence sur place. Au contraire, le jeune prince qui avait mis pied à terre, et mené son cheval jusqu'à l'eau juste en-dessous de l'arbre où elle se cachait, pensait, lui, que l'endroit convenait très bien pour un bivouac. Mais juste avant de se pencher pour boire, il vit se refléter dans la mare le visage d'une jeune femme de grande beauté. Il décida alors de changer ses plans. Il demeura égal à lui-même, ne modifia en rien son comportement, ne manifesta aucune surprise, ni n'informa ses compagnons de ce qu'il lui avait été donné d'apercevoir. Une fois étanchées sa soif et celle de sa monture, il demanda à ses compagnons de remonter à cheval pour poursuivre leur chevauchée. Et pour prévenir toute protestation de leur part il ajouta "j'aimerais que nous montions encore plus haut en suivant ce petit cours d'eau, il me semble que notre sécurité sera mieux assurée", et à bride abattue il les entraîna tous dans sa course.

La chevauchée fut intense, le train rapide et la distance parcourue assez importante. Quand ils parvinrent à un endroit qui, sans offrir autant d'avantages et de charme que les abords verdoyants de la mare, pouvait convenir à une longue halte, les montures étant épuisées par leur course, le prince donna l'ordre à sa garde de préparer le nécessaire et d'installer le bivouac. Puis, avant de mettre lui-même pied à terre, tant il était pressé, faisant mine de découvrir l'étui vide qui pendait à sa ceinture, il dit : "Je crois que j'ai laissé tomber ma dague à notre précédente pause", et à l'attention du chef de sa garde qui s'apprêtait à charger un de ses hommes d'aller la chercher : "Cette dague est celle d'un prince et seul le prince peut l'avoir entre les mains. Je repars moi-même la quérir, donnez-moi la monture la plus fraîche", et il s'élança comme s'il volait sur les ailes du vent.

Arrivé à la mare en moins de temps qu'il ne s'en était éloigné, le prince, si impatient d'en découvrir le secret, se dirigea directement vers la cachette de Welja et malgré ses craintes que le visage aperçu fût plutôt celui d'un être maléfique que celui d'un être humain s'adressa à elle :

— Je sais que vous êtes en haut de cet arbre, j'ai vu votre visage se refléter dans l'eau. J'aimerais savoir qui vous êtes ?

Aucune réponse ne lui parvint, ce qui somme toute le rassurait, "Si le visage aperçu était celui d'un être maléfique, il ou elle aurait déjà commis un forfait contre moi", pensa-t-il, puis il ajouta :

— Jeune femme, je suis seul, n'ayez aucune crainte.

L'absence de réponse poussa le prince à faire mine de vouloir s'installer juste en dessous de l'arbre.

— Puisque personne ne semble habiter ces lieux, je vais pouvoir rester ici quelques jours, dit-il à haute voix.

Welja, qui gardait le silence en espérant ainsi dissuader cet étranger qui la dérangeait dans sa vie sauvage et paisible, se résigna à répondre quand elle le vit défaire la selle de son cheval.

— Etranger, passez votre chemin, il n'y a rien pour vous ici, dit-elle.

— Mon chemin semble vouloir me ramener encore et toujours vers cette mare, répondit le prince sans manifester de surprise.

— Etranger, la noblesse de votre visage laisse présager de la noblesse de vos actes.

— Vous avez vu juste. La noblesse des actes est le trésor dont peut jouir tout être sur cette terre. Le vrai pauvre, c'est celui qui n'a pas d'honneur quand bien même il serait le plus riche des hommes.

— Alors agissez en conséquence, partez pour ne plus revenir. Il n'y a personne ici qu'une jeune femme seule qui aimerait pouvoir profiter de sa retraite paisible.

— N'ayez aucune crainte, mes intentions sont loin d'être mauvaises. Je ne désire rien d'autre que voir votre visage et savoir qui vous êtes.

— Vous ne pouvez prétendre à la noblesse des actes et vouloir contraindre une jeune femme seule à vous connaître sans en avoir le désir, ni en comprendre l'opportunité.

— Jeune femme, depuis que j'ai vu votre reflet dans l'eau quelques heures plus tôt, il ne me quitte plus. Comprenez ma curiosité.

— Etranger, contentez-vous de cette image. Partez et gardez-la dans vos souvenirs, c'est le mieux qui puisse nous arriver.

— Je ne peux me contenter du reflet, maintenant que je sais pouvoir le comparer à l'original, répondit-il sur un ton badin.

Welja, qui voyait se rapprocher l'heure à laquelle son frère en compagnie du troupeau de gazelles reviendrait auprès d'elle, commençait à s'inquiéter. Il lui fallait trouver vite une solution.

— Si je me montre à vous, dit-elle, vous me donnerez votre parole de partir sur-le-champ ?

— Je vous promets de partir immédiatement si vous vous montrez à moi et si vous me dites comment vous vous appelez, répondit-il sans réfléchir.

— Puis-je compter sur votre parole ?

— Ne vous ai-je pas dit que je plaçais la noblesse des actes au-dessus de toute autre ? Mon honneur n'est-il pas synonyme de la parole donnée ? Si je ne tiens pas l'une je perds irrémédiablement l'autre.

Sans quitter son arbre elle se déplaça jusqu'à une branche moins élevée, en écarta le feuillage et se présenta au prince.

— Je m'appelle Welja, dit-elle.
— Fille de ? l'interrogea-t-il.
— Fille du Sahara, dit-elle.

"Comment aurais-je pu me contenter du reflet, aussi beau fût-il, alors que l'original, et de loin, lui est supérieur en tout point ?" pensa-t-il juste avant de la saluer et de prendre congé.

Une fois revenu à son camp, il partagea un repas frugal avec ses amis les plus proches qui, inquiets pour sa sécurité, l'attendaient avec impatience. Puis, contrairement à ses habitudes, il s'isola dans sa tente. Revoyant sans cesse la beauté du visage de Welja et la tristesse qui, par contraste, emplissait ses yeux, repensant à la douceur infinie de sa voix, il ne ferma pas l'œil de la nuit.

Si à son arrivée à la mare il était mû plus par la curiosité, à son départ il l'était par un sentiment insoutenable. Sa curiosité toujours insatisfaite avait été reléguée au second plan par un feu qui, au premier regard qu'elle avait posé sur lui, était né entre ses côtes et lui dévorait déjà les entrailles.

Impatient de voir la nuit s'achever, il ne quitta pas le sablier des yeux. A l'aube, il réveilla un de ses capitaines qui était parmi les plus fidèles de ses hommes et le chargea de partir sur-le-champ lui ramener la vieille Settout, le plus vite possible, sans poser de questions. Et au matin, prétextant le besoin de quelques jours de retraite et de méditation, il donna congé à ses amis et à sa garde, ne conservant auprès de lui que ses serviteurs les plus indispensables.

Son envoyé, inquiet de l'avoir vu, avant son départ, pour la première fois de sa vie dans un état d'agitation pareil, mit un point d'honneur à parcourir le trajet en un temps record. Chevauchant de jour comme de nuit pour accomplir sa mission, il revint de la capitale accompagnée de la vieille Settout en moins d'une semaine. Le prince, pour qui l'attente avait été presque insupportable, s'isola immédiatement avec eux et leur parla de Welja, la jeune femme qui vivait dans un arbre au bord de la mare et refusait d'en descendre ne serait-ce que pour parler cinq minutes avec qui que ce fût.

— Mon prince, tu peux compter sur moi, dit la vieille Settout qui avait déjà une idée derrière la tête, quand le jour se lèvera nous irons tous les trois à la mare. Toi mon prince et le capitaine, vous vous cacherez et à mon signal vous vous mettrez au travers de son chemin si elle tente de regagner son arbre.

Le lendemain matin, Settout, parvenue à la mare avec un nécessaire de cuisine, s'installa à quelques mètres de l'arbre en question et se mit à préparer une galette de pain mais en faisant tout de travers. Welja observait depuis son perchoir cette vieille femme, petite et fragile, si fluette qu'un simple souffle de vent pouvait emporter. Après beaucoup d'hésitation, elle ne put se retenir de s'adresser à elle :

— P'tite mère attention, ce n'est pas du sucre qu'il faut mettre mais du sel.

— Merci, ma fille, de m'avertir. Le grand âge est le pire des ennemis, ma mémoire est si embrouillée et ma vue a tellement baissé ces dernières années que je ne sais plus ce qu'il faut faire. C'est le lot de malheur de celle qui vieillit seule abandonnée de ses enfants, répondit Settout d'une voix plaintive.

Malgré sa volonté de rester à l'écart, Welja, ne pouvant garder le silence devant les interventions répétées de la vieille femme, l'avertissait à chaque nouvelle erreur et lui indiquait les gestes à accomplir. Settout, qui de son côté multipliait les maladresses, avait bien essayé de la faire quitter son perchoir :

— Ma fille, ce serait mieux que tu viennes m'aider directement plutôt que de m'indiquer de loin comment je dois faire. Je ne t'entends pas bien et je ne comprends pas toujours ce que tu me dis.

La prudence qu'elle se devait d'observer vu la situation de son petit frère l'empêcha de descendre de son arbre jusqu'au moment où Settout, qui avait allumé tant bien que mal un feu de bois à même le sol, essaya de disposer sur les flammes un tajine à l'envers. Elle ne cessa, dès lors, de se brûler les doigts, de tousser à cause de la fumée et de pester contre le sort.

— P'tite mère, il ne faut pas faire ainsi, tu vas mettre le feu à tes habits, dit Welja qui, emportée par la compassion qu'elle éprouvait pour la vieille femme, oublia sa circonspection et se précipita vers elle. Celle-ci attendit que la jeune femme eût fini de l'aider avant de la regarder dans les yeux avec sur les lèvres un sourire qui exprimait toute la tromperie dont elle était capable. Welja devina le piège mais trop tard. En se retournant pour regagner son refuge, elle vit le prince, debout au pied de l'arbre.

— N'ayez pas peur, dit-il pour la rassurer, je ne vous veux aucun mal. Je veux juste savoir qui vous êtes et pourquoi vous vivez ici toute seule.
— Vous n'avez pas d'honneur, vous n'avez pas tenu parole, lui répondit-elle.
— Comment peux-tu ainsi insulter le prince, dit Settout...
— Tu as fait ce que j'attendais de toi, maintenant tu peux te retirer, l'interrompit le prince.
Puis, se tournant vers Welja, il reprit :
— Vous êtes injuste, j'ai promis de partir et je suis parti, mais je n'ai jamais promis de ne pas revenir.
— Pouvez-vous prétendre encore avoir de l'honneur, vous qui, comme je l'apprends à l'instant, êtes un prince, alors que vous avez utilisé la ruse pour me faire descendre de mon arbre ?
— N'était-il pas plus facile pour moi de monter vous chercher dans votre refuge ? User de ma force contre vous ou toute autre femme, voilà qui aurait été un déshonneur. Même si je répugne à l'utiliser, la ruse n'a jamais déshonoré personne. Vous ne m'avez laissé aucun autre choix alors que depuis que je vous ai vue mon cœur ne bat que pour vous.

Le prince avait parlé avec une sincérité dans le ton et la voix qui dissipa la colère de Welja. Se radoucissante, elle lui dit :

— Qu'attendez-vous ? Que voulez-vous de moi ?

— Je n'ai aucune mauvaise intention, je voudrais juste savoir qui vous êtes, et pourquoi vous habitez seule ici.

Welja accepta de s'asseoir près du prince et de l'écouter parler, en préambule à ses interrogations, de sa campagne de chasse qui l'avait mené jusqu'à elle, de sa surprise en voyant son reflet dans l'eau. Puis, répondant à quelques-unes de ses questions, elle se mit de son côté à lui parler de sa vie aux abords de la mare, de sa simplicité, de sa rigueur... Mais une heure avant le coucher du soleil, pensant au retour de son frère, elle interrompit leurs échanges amicaux, avec la promesse que le lendemain elle serait toute disposée à les reprendre.

Ainsi de jour en jour – le prince revint chaque matin toujours aussi impatient de la retrouver –, Welja, détendue, lui raconta l'épisode douloureux de l'abandon organisé par la femme de son père, son voyage interminable dans les contrées les plus arides et les moins habitées, les péripéties et dangers qu'elle avait affrontés, son arrivée aux abords de la mare quelques années plus tôt, sa décision de s'y installer. Sauf sur un point – elle n'évoqua ni l'existence de son frère ni le sort qui l'accablait –, elle se confia sincèrement à lui. Les choses s'étaient enchaînées le plus simplement du monde, leur attirance mutuelle devint patente. Aussi, quand le prince lui demanda de l'épouser, la proposition ne paraissait ni incongrue ni malvenue.

— Oui, répondit-elle à sa proposition, mais à une condition.

— Tout ce que tu veux, qui ne soit contraire à l'honneur, rétorqua-t-il.

— Il y a un faon orphelin – j'ai vu mourir sa mère – qui le soir venu vient s'abreuver ici avec un troupeau de gazelles, il est très attaché à moi, et moi de même envers lui. Si je dois te suivre, je veux qu'il vienne avec moi. Et je veux surtout ta parole qu'il sera partout traité avec beaucoup d'égards. Aucune main ne se portera sur lui. Aucune chaîne ne sera mise autour de son cou. Aucun chasseur n'envisagera de le prendre pour proie.

— En ville je ne vis pas au riad de mes parents. Ma demeure, et c'est pour ça que je l'ai choisie, est attenante à un immense parc qui donne sur la campagne environnante. Le faon pourrait y vivre à l'instar des oiseaux, libre, sans entraves et sans avoir à s'exposer au moindre danger.

Le dernier obstacle à leur union surmonté, le prince dépêcha le jour même son capitaine auprès de ses parents pour leur annoncer la nouvelle de son futur mariage et leur demander de préparer la fête.

Les noces, grandioses, durèrent, comme il se devait, trente jours et trente nuits et furent de mémoire des habitants de la capitale les plus belles de toutes les noces.

*

L'acharnement du sort contre Welja semblait prendre fin. Installée dans sa nouvelle vie, elle était comblée. Elle avait trouvé l'amour, ses beaux-parents l'appréciaient, son frère était à l'abri du danger et de surcroît, après une année de mariage, elle était enceinte.

Un jour, alors qu'elle sortait de son bain matinal, lui parvint la plainte d'un homme qui demandait l'aumône près de sa maison. La voix de cette personne ne lui était pas étrangère. Se précipitant à une fenêtre pour jeter un coup d'œil – la surprise fut de taille –, elle reconnut son père, devenu mendiant.

Welja demanda à sa servante de le héler, de le faire entrer et de le retenir le plus longtemps possible. Entre-temps elle se dirigea vers les cuisines, où elle savait que le pain était en préparation à cette heure-ci. Dans une grosse boule de pâte déjà prête elle glissa discrètement plusieurs pièces d'or et demanda à la cuisinière de la cuire en premier et de la lui apporter le plus vite possible. Puis elle revint vers le patio, se dissimula dans un coin pour écouter son père. Sous son instigation, la servante le fit parler. Celui-ci raconta comment il s'était trouvé réduit à la mendicité :

— Je viens de loin, dit-il. J'étais nomade, et même si ma vie a été toujours modeste elle était mille fois meilleure que celle d'aujourd'hui. Il y a plusieurs années, à la suite d'une sécheresse exceptionnelle, nous avons traversé d'innombrables pays pour arriver jusqu'ici où les plus anciens de notre clan savaient

André ?????
1515 ????? Lachine
#85- 1P2-

à h 12.35 Mes ????
?? ???? ???? ?? ??
mari je ?? ????
Mari comme nerveux

2.34. Je suis allé
à la cafétéria avec
le mari de la femme
qui travaille chez Jean
Coutu. Une nouvelle
madame vient de
rentrer une anglophone

Serge Comeau
Commis de bureau / Recherches et archives

- Plus de vingt années d'expérience
- Bureautique et archives
- Office 2010 (Word Excel, Access)
- Recherche et gestion de documents

514 639 – 1872   comeauserge1@videotron.ca

qu'on trouverait des pâturages suffisants. A la fin de la saison chaude et avec le retour de la pluie, je devais repartir avec les autres. Mais ma femme m'a convaincu de rester ici. Notre vie sera plus douce en ville qu'en plein désert, disait-elle. Hélas, faute d'avoir un métier adapté à la ville, nous avons fini par manger une à une les quelques bêtes que nous possédions et depuis... La voix étranglée, son père n'ajouta plus rien.

La servante, discrètement instruite par Welja, alla chercher le pain et plusieurs autres victuailles, les remit au mendiant et l'informa qu'il pouvait revenir chaque jour en chercher autant avant de lui donner congé.

Rentré chez lui, le père de Welja, heureux, donna les denrées et le pain à sa femme pour qu'elle prépare le repas en évoquant brièvement les gens de bien qui les lui avaient offerts. Dans la cuisine, celle-ci, pressée par la faim et détachant un quignon pour le manger, y découvrit un dinar en or. Surprise par ce qu'elle voyait et surtout avide, elle dépeça la miche avec fébrilité, en extirpa toutes les pièces, et se mordit pour réfréner un cri de joie. Son avidité n'ayant pas de limites, elle réduisit avec application les morceaux de pain, un à un, en miettes au cas où une pièce lui aurait échappé. Rassurée, elle ramassa son butin, le dissimula et se garda d'en parler à son mari. Puis au moment du repas elle le questionna plus avant sur ses généreux donateurs. A ses réponses elle n'en fut que plus intriguée et passa la nuit à essayer d'envisager tous les scénarios possibles. "Le plus plausible est que quelqu'un dans cette maison nous connaît, peut-être quelqu'un de la tribu !" se dit-elle en dernier recours avant de dormir.

Le lendemain, avec une idée précise derrière la tête, elle se présenta à la place du père de Welja devant la porte de la maison du prince. La servante, qui l'accueillit et l'introduisit dans le patio, en informa sa maîtresse, puis revint l'interroger sur son mari. La femme du mendiant, plutôt que de lui répondre, se mit à se griffer le visage, à pleurer avec force gesticulations et à crier à tue-tête pour être entendue par tous les gens de la maison. Welja, qui suivait la scène d'une fenêtre de sa chambre, craignant le pire pour son père, ne put s'empêcher de descendre la questionner directement. Sa marâtre, qui la reconnut immédiatement, expliqua qu'il était malade et alité et se mit à pleurer de plus belle :
— Welja, oh Welja, tu dois être Welja, ma fille perdue. Je te retrouve.
— Je suis effectivement Welja, mais je ne suis pas ta fille. Et si je me suis perdue, c'est de ton fait.
— Tu te trompes tant sur mon compte, ma petite fille, dit-elle toujours en larmes. Si tu savais combien nous avons pleuré ta perte, ton père et moi.
— Ah bon, je me trompe ! Ce n'est pas toi qui nous as éloignés, mon frère et moi, quelques heures avant le départ ?
— Nous n'étions pas au courant du jour exact du départ, et nous avons même refusé de partir pour vous attendre mais les gens du clan nous ont forcés. C'est la raison pour laquelle nous les avons quittés une fois arrivés ici.

La marâtre, connaissant l'effet des larmes sur Welja, intensifia son débit lacrymal en racontant à plusieurs reprises la même histoire avec à chaque fois des détails supplémentaires sur la brutalité des hommes du clan. Ils les avaient contraints à partir, elle et son mari, les mains attachées dans le dos, surveillés par des gardes, et même frappés pour cesser leurs protestations...

A force, Welja se laissa convaincre par les pleurs et la voix plaintive, sans doute préférait-elle cette version à toute autre – ne l'appelait-on pas Welja au cœur d'or ? Elle invita alors sa belle-mère dans ses appartements privés. Elle la prit dans ses bras et la consola, la traita comme si elle était sa vraie mère et lui offrit ce qu'elle avait de plus précieux : son affection.

Maintenant qu'elle savait que l'abandon n'avait été qu'un accident malencontreux, Welja à son tour raconta les frayeurs et les souffrances qu'ils avaient endurées, elle et son frère, et tout ce qui leur était arrivé lors de leur voyage. Elle se permit même de se soulager du lourd secret qu'elle portait depuis plusieurs années concernant la transformation tragique de son frère. Puis, impatiente de retrouver son père, elle demanda encore des précisions sur son état de santé et proposa d'envoyer quelqu'un le chercher. Mais sa belle-mère s'y opposa :

— Vu son état, dit-elle, le choc peut lui être fatal. Il est tellement faible, il lui faut beaucoup de soins et de bonnes conditions de vie. Ne changeons rien le temps qu'il se rétablisse. Quand il ira mieux, nous lui ferons la surprise. Il sera si heureux.

Welja, encore plus inquiète pour son père après les derniers propos de sa marâtre, accepta sa proposition. Elle lui donna beaucoup d'argent pour les soins et lui fit promettre de revenir la voir chaque jour pour lui donner des nouvelles.

La marâtre, comme convenu, revint avec empressement et joie les semaines suivantes. Si l'empressement était réel, l'argent le justifiant amplement, les effusions de joie n'étaient, elles, que simulations et faux-semblants pour endormir la méfiance de Welja – au cas où elle en aurait encore – et gagner du temps. Par jalousie, par haine ou par peur de subir les conséquences si la vérité était sue, elle était décidée à tout mettre en œuvre pour perdre la jeune femme. "Je ferai en sorte que le premier échec ne se répète pas", se disait-elle à chaque fin de visite. Quant aux nouvelles de son mari, elles restaient invariables : toujours trop faible pour supporter le choc des retrouvailles avec sa fille.

Après avoir accumulé assez d'argent pour être longtemps à l'abri du besoin, elle décida un jour en quittant sa belle-fille qu'il était temps d'agir. Dès le début elle avait pensé à Settout que Welja avait un jour évoquée, en plaisantant, pour son rôle dans sa rencontre avec le prince. Elle avait appris sur son compte assez pour espérer en faire, si ce n'est une complice, du moins une alliée. Aussi, elle lui rendit visite l'après-midi même, autant pour faire sa connaissance que pour la sonder. Le premier contact se révélant prometteur, elle revint régulièrement la voir pour gagner sa confiance. Et quand elle estima que le moment était approprié, elle lui dévoila son véritable objectif.

— La femme du prince a l'intention, tôt ou tard, de se venger de toi. Elle estime que tu l'as trompée au bord de la mare et n'arrive pas à te pardonner, alors que tu es à l'origine de son bonheur et de sa richesse, lui dit-elle.

Puis elle lui proposa, quand elle vit qu'elle était réceptive, de conjuguer leurs efforts, à l'une et à l'autre, pour faire face au danger imminent. Settout ne fut pas dure à convaincre, loin de là, les profits qu'elle pouvait tirer de cette situation étaient évidents, et l'argent en était le premier. Les deux femmes se promirent de se soutenir mutuellement et de réfléchir chacune à la meilleure manière de se débarrasser de Welja avant de se séparer.

Settout, connue pour sa capacité à échafauder des plans machiavéliques et fomenter des complots de toutes sortes, resta fidèle à sa réputation. Dès que la marâtre la quitta, elle ne fut pas lente à trouver sa pièce maîtresse, une de ses nièces qui habitait une bourgade à quelques semaines de marche.

— Elle ressemble grossièrement à Welja, a le même âge et la même taille, elle nous servira sans réticences, dit-elle à sa complice quand celle-ci revint la voir.

Il ne restait plus aux deux vieilles femmes qu'à parfaire tous les détails de leur plan. La marâtre, qui se comportait comme si elle était chez elle dans la maison de Welja, était chargée d'espionner tous ses faits et gestes et de soudoyer les servantes les plus proches en attendant le moment propice à la réalisation de leur dessein.

Et ce moment, hasard du calendrier royal, ne tarda pas à arriver pour combler de joie les deux complices. Même s'il était réticent à abandonner Welja enceinte, le prince, mandaté par son père pour une mission délicate, devait quitter la ville pour une destination lointaine qui nécessitait ses bons offices : réconcilier deux gouverneurs en conflit. Son voyage devait durer longtemps. Et même s'il espérait secrètement rentrer avant l'accouchement pour être aux côtés de sa femme et la soutenir, il était persuadé qu'il n'y parviendrait pas.

A peine était-il parti que Settout prit toutes les dispositions nécessaires et lança ses manœuvres. Elle envoya un messager, un homme de confiance, chargé de cadeaux pour sa sœur. Il devait faire venir sa nièce auprès d'elle dans les plus brefs délais. Son attente ne fut pas longue et dès que la jeune femme arriva elle lui parla sans détours de son projet et l'instruisit sur ce qu'elle attendait d'elle.

Alléchée par la proposition, la nièce accepta mais s'inquiéta des différences physiques entre elle et Welja.

— A son retour le prince se rendra bien compte que je ne suis pas aussi belle que sa femme, et que je ne suis pas enceinte, dit-elle.

— A son retour, dit Settout, s'il t'interroge tu lui expliqueras que la grossesse d'abord et la maladie ensuite sont les causes de tous ces changements physiques.

Après avoir rassuré la jeune femme et dissipé certains de ses doutes, les deux mégères s'activèrent jour après jour à lui apprendre à imiter parfaitement celle qu'elle devait remplacer.

Toutes les mises au point faites et les derniers détails réglés, un après-midi, la marâtre se présenta chez la femme du prince pour lui donner des nouvelles comme à son habitude. Elle la suivit dans ses appartement privés, et lui dit sans préambule que son père se portait mieux et qu'elle allait pouvoir le voir dans un jour ou deux. Puis elle profita d'un moment d'inattention de sa belle-fille, toute à son bonheur de retrouver bientôt son père, pour verser une puissante drogue dans son verre. Dès que Welja sombra dans le sommeil, elle l'attacha solidement et fit introduire Settout et sa nièce. Les trois femmes, une fois la nuit tombée, enroulèrent leur victime dans un tapis et l'emmenèrent au fond du parc attenant à la maison. Elles la jetèrent, ainsi empaquetée, dans un puits où, disait-on, vivait un énorme serpent. "Si ce n'est pas la chute qui la tue, le serpent se chargera d'elle", dirent-elles de concert.

Elles installèrent la nièce de Settout à la place de Welja en lui ordonnant de s'aliter, de ne jamais quitter ses appartements privés et de se laisser maigrir. La marâtre s'adressa ensuite aux servantes pour leur apprendre que leur maîtresse était atteinte d'une maladie grave liée à sa grossesse et qu'il ne fallait en aucun cas la déranger. Elle-même et Settout allaient s'occuper d'elle et la soigner jusqu'à sa guérison.

Quand au bout d'un certain temps, enfin, la nièce de Settout permit de nouveau aux servantes d'aller la voir, toutes étaient persuadées que sa maladie l'avait diminuée et transformée physiquement. La compassion envers une femme qui venait de faire une fausse couche se chargeait du reste. Le plan avait fonctionné au-delà de leurs espérances jusque-là. Le seul imprévu était le faon, le frère de Welja. Si d'habitude il gambadait insouciant dans le très vaste parc, désormais il tournait autour du puits quasiment à longueur de journée. La marâtre, qui connaissait toute son histoire et savait qu'il était son beau-fils, fut la première à remarquer ses rondes incessantes autour du lieu du crime. Le risque était trop grand pour le laisser agir de la sorte. Elle en informa Settout et sa nièce, et leur divulgua son secret.

— Nous devons agir vite, son comportement risque d'attirer l'attention sur le puits et les gens finiront par découvrir notre forfait, leur dit-elle.

— Mais comment allons-nous faire ? Le prince est le protecteur de l'animal, aucun homme dans cette ville ne s'aviserait de nous aider à le capturer sans son autorisation, répondit sa complice.

Au comble de l'agitation, les trois femmes cherchaient une manière discrète de se débarrasser rapidement de l'animal, quand parvinrent jusqu'à leurs oreilles les rumeurs concernant le retour du prince. Après avoir réussi sa mission en moins de temps que prévu, il avait décidé de précéder sa caravane et ses compagnons. Accompagné de quelques gardes, chevauchant de jour comme de nuit pour rentrer le plus tôt possible, il n'était plus qu'à quelques jours de voyage de la capitale. Alors que Settout et sa nièce étaient prises de panique à l'idée de ce retour précipité, la marâtre en y réfléchissant eut une idée pour tirer profit de la situation. Elle demanda à la jeune femme qui remplaçait Welja de s'aliter sur-le-champ.

Très heureux malgré la fatigue d'un voyage à fond de train, le prince, effectivement, arriva chez lui au bout de deux jours. Hélas, la triste nouvelle de la fausse couche le cueillit dès le seuil. Puis à la tristesse succéda la surprise. Dès qu'il pénétra dans sa chambre, il ne reconnut pas Welja dans la femme qu'il retrouva malade, alitée et en deuil. Pourtant, même s'il doutait de la véracité des explications, il les accepta, tout le monde autour de lui, jusqu'au personnel de la maison, avait l'air convaincu. Et il les accepta d'autant plus qu'il se sentit en partie responsable, par son absence, de la fausse couche comme de la maladie de son épouse.

Si la première surprise l'avait perturbé, la seconde allait le décontenancer. Le lendemain de son arrivée, Welja, toujours dans le même état, lui demanda de tuer le faon.

— Mais comment toi, qui le couvais plus que les prunelles de tes yeux, me demandes-tu de le tuer aujourd'hui ? Je ne comprends pas. Depuis que je te connais, il ne se passe pas un jour sans que tu ailles demeurer un long moment en sa compagnie, lui rétorqua-t-il.

— Je suis malade, j'ai déjà perdu mon bébé et je risque de perdre la vie. Tous ceux et celles que j'ai consultés me l'ont dit, seule la chair de ce faon pourrait me sauver. Je n'ai pas le choix et toi non plus, il faut le tuer.

Le prince, outré, n'en accepta pas moins les exigences de sa femme, et ordonna à ses hommes de l'accompagner pour attraper l'animal, "avec douceur et sans lui causer de blessures", ajouta-t-il. L'affaire fut plus facile que prévu et le faon fut capturé juste à côté du puits qu'il ne voulait, à aucun prix, quitter. Docile, il ne se débattit pas. Mais quand le sacrificateur s'approcha de lui, l'animal se mit à pleurer et, de sa gorge offerte au couteau, des mots assez intelligibles sortirent :

— Welja, fille de ma mère, toi qui m'as tant protégé, pourquoi ne réponds-tu pas à mes appels ? Welja, fille de ma mère, ils ont aiguisé leurs couteaux, allumé leur feu, chauffé l'eau et préparé leurs ustensiles.

Du fond du puits s'éleva alors un chant pour répondre au faon :

> *Sur mes genoux l'enfant du prince est déjà né avant l'heure*
> *Et autour de nous s'enroule un énorme serpent*
> *Il guette le moment de nous dévorer*
> *Sans cela j'aurais déjà accouru*
> *Oh fils de ma mère et de mon père*

Le prince, qui avait déjà quitté ses hommes pour ne pas assister au sacrifice du faon, se fit rattraper par son capitaine :

— Quelque chose d'étrange se passe et votre présence devient nécessaire, lui dit-il.

Il revint sur ses pas et vit les visages pétrifiés d'étonnement de tous les présents, et les bras ballants du sacrificateur. Il eut à peine le temps de demander des explications quand il entendit lui-même la complainte du faon et le chant qui se répétaient l'une et l'autre. Son cœur se mit à battre à tout rompre, il reconnaissait, sans doute possible, la seconde voix. Avec l'aide de ses hommes, il se précipita sur la pierre qui couvrait le puits et la déplaça.

Le tableau qui s'offrit à ses yeux avait de quoi le rendre fou. Tout au fond, il vit Welja qui protégeait de son corps son nouveau-né, assise sur une saillie dans la paroi, et en face à quelques mètres un énorme serpent, qui semblait se réveiller d'une longue hibernation, s'apprêtant à l'attaquer. Il fit venir sur-le-champ un agneau, qu'il fit tuer et jeter dans le puits pour occuper le reptile, et il descendit lui-même avec des cordes pour remonter Welja ainsi que le bébé. Elle lui apprit alors ce qui lui était arrivé, et lui révéla pour la première fois le secret de son frère.

Le prince, furieux comme il ne l'avait jamais été, était sur le point de tuer de ses propres mains la marâtre, Settout et sa nièce. Mais dès que Welja lui mit dans les bras son nouveau-né, sa colère retomba. Il s'abstint d'effuser le sang le jour même où il retrouvait sa femme et faisait la connaissance de son enfant. Il signifia discrètement à ses gardes d'arrêter les coupables en attendant de leur administrer un châtiment exemplaire et préféra se consacrer à sa petite famille et savourer les retrouvailles. Et pour que le bonheur de Welja ne fût pas incomplet, le soir même le prince la réunissait avec son père qui n'était ni malade ni alité. Quand ce dernier fut mis au courant de tous les méfaits de son épouse, il reconnut avoir une part de responsabilité, par négligence ou par passivité, dans le malheur de ses enfants, et s'en excusa humblement.

Une semaine plus tard, le prince, après avoir consulté plusieurs connaisseurs et éminents spécialistes, partit à la tête d'une petite caravane en direction du désert. Accompagné de Welja, de son père, du faon, des prisonnières et de sa garde rapprochée, il prit la direction du refuge d'un vieux cheikh, ermite soufi, qu'on lui avait conseillé. De l'avis de tous il était la personne la plus indiquée pour aider le petit frère de Welja. Il maîtrisait tous les arcanes de la magie sans en mésuser.
Le cheikh eut beaucoup de difficultés à mettre fin au maléfice qui frappait le garçon et faillit même renoncer. Mais au bout de plusieurs jours de méditation et de rituels il réussit à lui faire recouvrer sa forme humaine.
Puis le prince, qui avait condamné à mort les trois prisonnières et voulait exécuter la sentence, se ravisa – Welja avait beaucoup intercédé en leur faveur. Il décida de laisser son beau-père choisir le châtiment.
— Prince, dit le père de Welja après mûre réflexion, la nièce de Settout n'a été qu'une exécutante. Aussi je choisis pour elle une peine légère. Elle est jeune et elle a le temps de changer. Peut-être que ce qui s'est passé lui servira de leçon. Quant à ma femme et Settout, je crois avoir trouvé le châtiment le plus approprié. Je propose d'emmener les deux femmes

à la mare maléfique où mon fils a été transformé en faon et de leur faire boire son eau. Ainsi elles ne feront plus de mal à personne. Prince si vous êtes d'accord je vous demande de me donner deux ou trois de vos gardes pour m'accompagner.

Le prince donna son assentiment et ainsi il fut fait.

Et notre histoire pénétra dans un bois pour égayer les saisons,
Et l'année prochaine nous aurons une belle moisson.

LOUNDJA BENT EL-GHOULA

(LOUNDJA FILLE DE L'OGRESSE)

Et maintenant laissons le léger voile de l'imagination s'interposer entre nous et ce qui nous entoure, disait la conteuse. Laissons-le venir s'étendre sur nos sens, comme cette nuit s'est étendue sur le monde, pour leur permettre d'errer dans les méandres et les interstices des saisons, où seule la magie des mots peut nous servir de sauf-conduit. Hissons-le comme un étendard au-dessus de notre vaisseau. Et larguons les amarres pour voguer vers l'époque lointaine où vivait Loundja de toutes les beautés. Mais pour l'atteindre, les chemins secrets n'étant jamais des lignes droites, il nous faut trouver le pisteur, celui qui, avec ses yeux d'amoureux, va nous conduire jusqu'à elle par les voies du cœur. Il nous faut faire un détour, aller vers une contrée dont subsiste encore le souvenir dans quelques mémoires. Il nous faut partir vers le royaume Médian.

Le sultan de ce royaume avait tout pour lui et au premier abord on était tenté de le prendre pour le souverain le plus heureux du monde. Aimé de ses sujets, comblé, à tout point de vue, d'être le maître incontesté d'une contrée si vaste et si prospère où régnaient la tranquillité et la justice. Où l'abondance ne le disputait qu'à la paix. Mais les signes du bonheur n'exonèrent ni ne protègent des déceptions profondes et des amertumes qu'inflige la vie à tout un chacun, fût-il sultan des sultans. Celui-ci, dans l'intimité, s'estimait accablé par le sort. Il lui manquait une chose essentielle à ses yeux. Alors que jeune homme il avait tant rêvé, au moment de son mariage, à sa future descendance qu'il espérait innombrable, il venait d'atteindre sa quarantième année sans en avoir aucune. Chaque naissance, et il y en avait eu plusieurs, était suivie d'une mort à un âge précoce. Aucun des enfants qui lui étaient nés n'avait franchi la barrière des six ans. Certains mort-nés, d'autres à la suite de blessures quelconques, de maladies anodines et parfois même sans raison apparente.

    Pour le dernier qui allait lui naître, il eut l'idée de construire des appartements privés en haut d'une tour dans l'aile la plus reculée du palais. Tout n'y était que douceur et rondeur. Toute aspérité polie. Toute rugosité aplanie. Tout angle arrondi. Tout tranchant émoussé. Toute arrête supprimée. Les murs recouverts de tentures épaisses, les meubles et les objets d'étoffes et de soieries, les sols de tapis de laine. "Le nouveau-né y vivra loin de tout péril et j'y veillerai", avait-il dit à la sultane avant d'entamer les travaux. Même les fenêtres il n'en voulait pas. Puis, convaincu par sa femme et son architecte, il en accepta quelques-unes qui ne pouvaient s'ouvrir, munies de carreaux assez translucides pour laisser passer la lumière, teints, néanmoins, avec des couleurs foncées pour empêcher toute visibilité, tant il désirait faire vivre son enfant à l'écart du monde extérieur pour le protéger. La joie de la naissance n'infléchit aucunement sa volonté, au contraire. Quand on lui annonça que le nouveau-né, attendu comme la terre assoiffée par l'été attend les premières pluies de l'automne, était un garçon et que mère et fils se portaient bien, il décréta que seuls lui-même, la sultane et deux servantes choisies parmi les plus fidèles auraient le droit d'approcher le prince et de s'occuper de lui. Plusieurs mois plus tard il récidiva à propos de la nourriture. Avant d'être portée à l'enfant, elle devrait être épurée, débarrassée de tout ce qui ne franchit pas les lèvres. Arête, os, peau, cosse disparaîtraient par la grâce des petites mains ingénieuses.

L'enfant avait poussé effectivement à l'écart de tout et de tous, dans un cocon des plus protégés, des plus protecteurs, des plus douillets. Même si, à mesure qu'il grandissait, il se posait des questions, à chaque fois que ses parents et ses servantes le quittaient, sur leurs occupations et les endroits où ils pouvaient se rendre, il n'en demeurait pas moins ignorant sur le monde extérieur. Mais ne voilà-t-il pas, à une époque où il était devenu un grand adolescent, qu'une de ses deux servantes décéda brutalement. Le jour même de ses funérailles, toutes les autres, occupées par les préparatifs de l'inhumation, chargèrent une servante, nouvelle dans le palais, de lui porter sa nourriture dans ses appartements. Au moment où elle quittait les cuisines elle vit une corbeille de fruits avec de magnifiques pêches. Celle-ci, ignorante des règles très strictes appliquées pour tout ce qui concernait le prince, en prit deux des plus charnues, les lava et les ajouta à son plateau sans en avoir extrait les noyaux.

Et comme en certaines occasions les choses peuvent se suivre dans un tel ordre qu'on est tenté de croire que c'est là un acharnement du sort, ou l'intervention du destin, ce qui devait arriver arriva. Passé la première surprise, le prince, attiré par ce beau fruit charnu qui ne ressemblait pas, ou si peu, aux desserts prédécoupés ou en purée qu'on lui présentait d'habitude, y mordit franchement et faillit se casser une dent sur le noyau. Sous le coup de la douleur et de la surprise, il l'extirpa de la chair, l'examina d'un coup d'œil rapide et le jeta de toutes ses forces. Le noyau, ainsi projeté à toute vitesse, heurta l'une des rares fenêtres et brisa un de ses carreaux. Le jeune homme intrigué par les bris de verre en ramassa un pour l'examiner et se blessa, ce fut là la première blessure de sa jeune vie, puis à travers le trou béant il découvrit un immense jardin et au loin les autres bâtiments du palais, une multitude de personnes affairées, des étables et des chevaux.

Le prince, qui ne pouvait contenir sa surprise, se tourna vers la servante, qu'il voyait pour la première fois, et l'assaillit de ses interrogations sur ce tout ce qui se profilait, de près ou de loin, devant ces yeux. "Qu'est-ce que c'est que ça ? Ça sert à quoi ce qu'on voit là ? Et ça là-bas de l'autre côté ?" Etc., etc.

A mesure qu'elle lui expliquait, étonnée elle-même par tant d'ignorance, il comprit que c'était là sa chance. Avec elle, cette personne étrangère à lui et à son univers, il pouvait avoir certaines réponses, lui poser les questions qu'il avait déjà posées aux autres servantes ou à ses parents et pour lesquelles il obtenait à peine quelques répliques gênées ou évasives. Lui poser les autres questions, celles qui trottaient dans sa tête depuis longtemps sans qu'il n'ait jamais osé les formuler en présence de quelqu'un.

Mais la servante, harassée par ce torrent d'interrogations en crue, dut mettre un terme à leur échange :

— Le monde extérieur est si vaste, lui dit-elle, peuplé de tant de choses, d'objets et d'êtres qu'il m'est impossible de tous les énumérer en un jour, ou une année ou même en un siècle.

— Une dernière question, juste une dernière, ajouta le prince, le monde qui est mien, et qui depuis toujours se résume à ces vastes appartements et ce qu'ils contiennent, ressemble-t-il au monde extérieur dont vous parlez ?

— Non, dit-elle, votre monde, ici, que je vois pour la première fois, tout de douceur et de rondeur, est trop factice. Dans le monde extérieur toutes les nuances cohabitent. Le sel de la vie réside justement dans l'alternance, la concomitance et l'enchevêtrement du plus dur et du plus tendre, du plus doux et du plus amer passant par l'aigre, le piquant et l'insipide, de la chaleur de l'été et du froid de l'hiver, transitant par la douceur du printemps et la mélancolie de l'automne. Et je pourrais multiplier les exemples à l'infini. C'est tout ça qui fait que le monde est monde. Regardez cette pêche, sa pulpe est douce, tendre et suave. Son noyau, lui, est dur, rugueux et non comestible, mais il n'est ainsi que parce qu'il constitue une carapace qui protège une graine, des plus fragiles au moment où elle était le cœur d'une fleur, et sans laquelle aucun fruit ne serait possible, dit la servante avant de s'éclipser tout en espérant au fond d'elle-même qu'elle ne venait pas de commettre une faute grave en lui parlant ainsi.

Le prince était abasourdi de ce qu'on le tenait dans une telle ignorance sur les choses de la vie, mais au lieu de laisser libre cours à sa colère, alors qu'il avait à peine entrevu ce que pouvait être le monde autour de lui, il préféra tempérer son ardeur et ruser le temps d'avoir plus d'informations et pourquoi pas d'acquérir plus de savoir. Le lendemain, quand celle des deux vieilles servantes qui était encore en vie vint le voir avec le repas du matin, il demanda expressément à ce que la jeune femme de la veille rentrât à son service. Comme le sultan et sa femme n'étaient pas au courant de ce qui s'était passé entre leur fils et elle, ils n'opposèrent aucune objection. Cette dernière fut instruite sur les règles qui régissaient tout ce qui était en rapport avec le prince et fut dès lors autorisée à prendre son service auprès de lui. Comme nous pouvons l'imaginer, incapable, vu le déroulement de leur première rencontre, de s'en tenir à toutes les restrictions imposées, elle devint, malgré ses réticences, son informatrice. Et à mesure que le prince s'instruisait auprès d'elle sur le monde extérieur, sa frustration augmentait.

Quand, quelques semaines plus tard, il s'en ouvrit à sa mère, venue comme à son habitude vespérale lui tenir compagnie un moment et lui souhaiter une bonne nuit, il n'avait pas l'intention de lui dévoiler son secret et encore moins celle de provoquer un conflit. Avec quelques vagues et allusives interrogations de portée générale il voulait juste tester la capacité de la sultane à comprendre sa situation. Devant son mutisme, sa colère ne mit pas longtemps à éclater, avec toute la fougue propre à la jeunesse. Il lui révéla ce qu'il avait appris sur le monde extérieur et compara sa situation à celle d'un oiseau captif dans une cage en or. Sa mère, dans le but de l'apaiser, lui expliqua quelles étaient les raisons qui avaient présidé à cette situation, la mort prématurée de ses frères et sœurs, la volonté de son père de le préserver des innombrables dangers de la vie et du monde.

— Que la cage soit en or ou en un métal plus vil, elle reste une cage, et c'est vous et mon père qui en détenez les clefs. La cage serait-elle préférable aux dangers et même à la mort ? j'en doute. Puis après une longue hésitation il ajouta pour clore toute discussion : Vivre est en soi un danger, répétant mot pour mot une phrase de la jeune servante.

D'un coup elle saisissait une vérité qu'elle avait ignorée sciemment jusque-là. Son fils avait raison, il n'était plus le bébé sans défense, ni le petit garçon qu'on pouvait tromper pour son propre bien. Il avait atteint un âge où il lui était préjudiciable d'être maintenu dans une telle méconnaissance. Mais d'un autre côté elle doutait de la capacité de son mari à se rendre compte de toutes les années qui s'étaient écoulées, de tous les changements. Il percevait encore son fils comme un petit garçon malgré sa belle stature altière de jeune homme grand et mince.

Le sultan, qui accourut auprès de son fils dès qu'il fut mis au courant de la situation, lui opposa une fin de non-recevoir. Même s'il comprenait sa frustration – il était prêt d'ailleurs à quelques concessions, quelques accommodements –, il se montra inflexible quant à l'idée de lui octroyer toute la liberté dont il avait besoin.

— Ton univers est ici, un point c'est tout. Je vais commencer ton instruction bientôt car viendra le jour où tu devras me succéder, mais n'espère pas que je vais ouvrir grandement la porte de la cage. Quant à ta nouvelle servante, à partir d'aujourd'hui elle est appelée à d'autres tâches, lança-t-il à son fils.

Le prince ne s'attendait pas à une réaction aussi peu conciliante de son père qui venait de clore, par sa décision de le priver de sa jeune servante, l'unique fenêtre ouverte sur le monde extérieur.

Après l'abattement vint le moment où il lui fallut réfléchir aux moyens d'arriver à ses fins. Mais la conclusion était toujours la même : de moyens, il n'en avait aucun. Sa déception n'en fut que plus grande, jusqu'à ce que vint se rappeler à lui une phrase qu'il avait lâchée face à sa mère : "La cage serait-elle préférable aux dangers et même à la mort ? j'en doute."

Si au début il pensait l'avoir dite uniquement sous le coup de la colère, et peut-être pour impressionner sa mère, elle se révélait, après mûre réflexion, être une vérité qui avait juste mis du temps avant d'émerger. Il savait à présent ce qu'il devait faire.

Il laissa s'écouler quelques jours, puis il cessa d'un coup de se sustenter, ne dit rien à personne ni ne présenta de doléances à ses parents. Quand tous les petits remèdes et changements de régimes s'avérèrent sans effet, autour de lui, et au premier chef ses parents, on commença à croire qu'il était atteint d'une maladie subite et grave. Les meilleurs médecins furent appelés de tout le royaume et même de plus loin mais aucun de ceux qui se succédèrent à son chevet ne fut capable de le soigner. Le prince dépérissait d'un mal trop mystérieux.

Un soir, la sultane, qui sentait bien que la maladie de son fils n'était autre que le seul moyen d'échapper à sa solitude et son enfermement, demanda au sultan de la rejoindre dans les appartements du prince et s'adressa à lui sur un ton qu'il ne lui connaissait pas.

— Si nous avions de par le passé décidé de mettre notre fils à l'écart de tout et de tous, c'était pour lui éviter la mort, comme ses frères et ses sœurs. Aujourd'hui je crois que pour lui éviter la mort il n'y a d'autre solution que de lui ouvrir la porte pour le laisser s'envoler de ses propres ailes.

— Est-ce vrai, ce que dit ta mère ? demanda le sultan à son fils, qui n'était plus que l'ombre de lui-même.

— Père, je ne cherche à infléchir aucune de tes décisions. Tu fais ce que tu as à faire et je fais ce que j'ai à faire.

— Et qu'est-ce que tu as à faire ?

— Je prends ma vie (ou peut-être ma mort) en main.

Le sultan saisissait enfin ce que sa femme avait réalisé quelque temps avant lui. Celui qui lui faisait face n'était plus un petit garçon apeuré mais un jeune homme qui était prêt pour exercer son choix à aller le plus loin possible. Il céda enfin. Son fils unique pouvait quitter son appartement à sa guise, en changer s'il le désirait, se confronter à la vie de la manière dont il l'entendait, mais il y mettait une condition : pendant une année entière, il ne devait pas franchir l'enceinte du château et consacrer beaucoup de son temps à l'étude.

Le prince se conforma à la condition de son père sans se lasser de parcourir en long, en large et en travers le palais royal, ses bâtiments, ses dépendances et ses parcs dès qu'il quittait ses percepteurs. D'une curiosité sans limites, il posait des questions sur tout et à tous ceux qui se trouvaient sur son chemin, la moindre broutille devenait objet d'intérêt, la plus petite futilité nécessitait des explications. En parallèle et suivant un autre conseil de son père, il s'initia à l'équitation avec les meilleurs cavaliers de la garde.

*

Une fois le délai d'un an écoulé, ce fut toute la ville que le prince ne cessa de sillonner avec le même empressement jusqu'à la connaître dans ses moindres recoins. Puis, devenu bon cavalier, ce furent les environs de la capitale et la campagne qui devinrent le terrain privilégié de ses chevauchées et l'objet de sa curiosité insatiable. Certains le croyaient fou, tant, à cheval ou à pied, il courait tout le temps. Ceux qui connaissaient son histoire comprenaient qu'il rattrapait l'enfance perdue au point de redevenir enfant par certains aspects. Mais tous sans exception louaient sa gaieté, sa simplicité, sa beauté et son humilité. Il ne se formalisait pas, pouvait poser des questions pour s'instruire à toutes sortes de personnes sans distinction de rang, ne faisait pas de différence entre les plus humbles et les plus puissants.

Lors d'une de ses nombreuses courses à cheval, où il menait sa monture à fond de train, il bouscula par inadvertance une vieille dame qui, chargée de ses poteries, avait quitté son petit village adossé à une des montagnes environnant la capitale et se dirigeait vers le grand marché pour les vendre. Toute menue et frêle, celle-ci, qui ne le connaissait pas, s'adressa à lui :

— Pourquoi cours-tu ainsi sans faire attention aux gens ? Regarde un peu, tu as brisé les plus belles de mes poteries.

Puisque aucune réponse ne lui parvint, le prince ayant à peine ralenti sa monture, elle le maudit sous le coup de la colère, puis elle ajouta avec beaucoup d'ironie :

— Ah la jeunesse ! On croirait, à te voir aussi pressé et inattentif aux autres, que tu pars à la recherche de Loundja Bent el-Ghoula !

Même si cette dernière phrase avait retenu son attention, emporté par son élan, il ne mit pas fin à sa course et continua vers sa destination.

Le soir, rentré au palais après une longue chevauchée, il chargea un des gardes d'aller le lendemain à la recherche de la veille dame pour la lui amener. Sa responsabilité dans l'accident – il savait que le dommage qu'elle avait subi demandait réparation – et sa curiosité concernant ses derniers propos le pressaient d'agir.

Ce ne fut pas trop difficile de retrouver la trace d'une vieille potière qui venait régulièrement vendre des ustensiles en terre cuite sur la place du marché. En milieu d'après-midi, le garde se présenta au palais et la fit introduire auprès du prince. Elle tremblait comme feuille au vent tant elle appréhendait les conséquences de ses paroles.

— Je ne pensais pas ce que j'ai dit hier matin, et je ne savais pas qui vous étiez, je vous demande de me pardo…

— P'tite mère, l'interrompit le jeune homme avec douceur. Toute mère peut maudire son fils dans des circonstances pareilles et même pour des bêtises moindres. Je te demande pardon pour cet accident stupide et je vais sur-le-champ t'indemniser pour tes pertes et pour la frayeur, ajouta-t-il en faisant signe à un garde de lui donner la bourse prévue.

— Je ne devais pas te maudire ni toi ni qui que ce soit d'autre. Non ce n'est pas à toi, mon fils, de t'excuser c'est à…

— Non, p'tite mère, l'interrompit de nouveau le prince avec la même douceur dans la voix, ce n'est pas une formule de politesse de ma part que de m'excuser humblement devant une vénérable dame telle que toi. Si tu es prête à me consentir ton pardon, je veux te l'entendre dire. Sinon tu peux aller sur-le-champ te plaindre de moi à qui de droit et j'assumerai toutes les conséquences.

— Bien sûr que je te pardonne, mon fils, répondit-elle, mais je refuse que tu me donnes tant d'argent. Je vais prendre ce qui me revient pour les dommages et le reste tu le garderas.

— Soit, dit-il. Il y a un autre sujet dont je voudrais te parler. J'aimerais bien savoir ce que voulait dire ta dernière phrase, et qui est Loundja Bent el-Ghoula.

— Non, dit la vieille dame en se mordant la lèvre, je te conjure de ne pas me poser cette question. Je ne veux pas être la cause du malheur d'un beau jeune homme, bien élevé tel que toi, que toute femme espérerait avoir pour fils. Si je tremble depuis que je suis arrivée ici c'est parce que je redoutais cette question.

— Il est trop tard, p'tite mère, d'un côté tu en as trop dit, et de l'autre pas assez. Je ne pourrai plus retrouver le sommeil avant de savoir. Tu ne voudrais pas être la cause de mes tourments.

— Bien, je vais te dire, et advienne que pourra. La fougue de la jeunesse aime toujours à se confronter au danger.

Loundja est une jeune femme d'une beauté inégalable, la plus belle que cette terre ait enfantée. Son front est lumière, son visage c'est la lune dans sa pleine rondeur, ses cheveux de jais qui font dix fois sa taille, ce sont les chutes d'eau vive qui sourdent de la montagne. Ses yeux les miroirs qui ouvrent sur les mystères. Ah, Loundja. Tout ce que la beauté a fait de meilleur se trouve en elle. Loundja Bent el-Ghoula, comme son nom l'indique, est la fille d'une ogresse. Mais en réalité elle est la fille d'un sultan dont le royaume était aussi puissant et prospère que celui de ton père et plus encore, elle fut enlevée toute petite par une ogresse. Au moment où celle-ci s'apprêtait à la manger, Loundja qui avait faim agrippa son sein et le téta. Elle est devenue, de fait, sa fille. Tu dois sûrement le savoir, une ogresse ne peut manger, ni tuer celui ou celle qui boit son lait.

Ses parents ont remué ciel et terre, dépensé sans compter, mobilisé leurs meilleurs capitaines, envoyé leur armée partout où il y avait espoir de la retrouver, en vain. L'ogresse épaulée par tous ceux de son engeance a déjoué leurs stratégies. Dans toutes les batailles engagées, et elles furent nombreuses, les ogres ont pris le dessus et vaincu, facilement, l'armée du sultan. Finalement le royaume a perdu sa puissance légendaire et sa prospérité, s'est disloqué en un temps record, ses habitants se sont dispersés et les parents de Loundja sont morts de dépit et de douleur sans jamais avoir revu leur fille.

Arrivée à ce point de son histoire, la vieille dame, qui avait vu s'allumer dans les yeux du prince une petite lueur qui laissait peu de doutes sur ses intentions, s'interrompit quelque temps puis s'adressa à lui en ces termes :

— Ma crainte est qu'il t'arrive ce qui est arrivé à tant d'autres avant toi. La beauté légendaire de Loundja a attiré des jeunes hommes de tous les coins de la terre, de tous les rangs, des princes, des notables et des gens ordinaires. Tous voulaient étancher leur soif d'amour auprès d'elle, mais aucun d'entre eux n'est revenu sauf chez lui. Tous ont été massacrés et mangés par l'ogresse. Je t'en conjure, mon fils, ne tente pas le diable.

— Et en quel endroit vit l'ogresse, p'tite mère ? interrogea le prince.

Devinant, à juste titre, maintenant qu'il était contaminé à son tour, que tout ce qu'elle pourrait dire pour le dissuader n'y changerait rien, la vieille dame se résolut après un long silence à répondre au prince.

— Soit, dit-elle. Pour s'y rendre il faut parcourir le royaume Médian vers le sud jusqu'à la frontière ; tu arriveras alors au pays des Collines-Verdoyantes, tu le traverseras vers l'est et tu arriveras au pays des Sables-Rouges, tu le traverseras vers le sud et tu arriveras au pays des Montagnes-Bleues. Là, dans ce pays en bas de la plus haute des montagnes, entourée par une forêt dense, tu trouveras la maison fortifiée où vit l'ogresse.

— Merci, p'tite mère.

— Ne me remercie pas d'être l'instrument de ta perte. Au moment où tu décideras de partir, passe me voir, mon village est sur ton chemin, ajouta la vieille dame avant de demander la permission de quitter le palais.

Le prince était bel et bien décidé à tenter le diable et l'ogresse réunis, et bien plus, pour se rendre auprès de Loundja. Né en une fraction de seconde, son amour pour elle était irrépressible. Il médita son projet plusieurs jours, puis prépara dans le secret absolu ce dont il pouvait avoir besoin. Il écrivit une lettre pour ses parents où il indiquait juste qu'il était mûr pour entamer un grand voyage et découvrir le monde.

La nuit de la nouvelle lune suivante, juste avant le lever du jour, il enfourcha son cheval, et se mit en route, sans compagnons ni gardes.

Il n'avait, bien sûr, pas oublié l'invitation de la vieille dame et quelques heures plus tard il arriva au village où elle habitait. Celle-ci, après les salutations et un bref échange, lui remit une minuscule bourse en cuir contenant deux pincées d'une poudre dont elle lui expliqua l'usage avec précision.

— N'oublie pas, la quantité que j'ai pu préparer ne permet que deux utilisations. Et surtout ne la perds pas, ta vie en dépendra, ajouta-t-elle en lui faisant ses adieux.

Le prince arracha le pendentif suspendu à une chaîne en or très fine qu'il portait au cou, et lui substitua la minuscule bourse.

— P'tite mère, dit-il en tendant à la vieille dame le pendentif, la pierre qui l'orne est un cadeau de mon père. Il l'a lui-même portée pendant longtemps avant de me la donner.

— Non, refusa-t-elle d'emblée, ce que je t'offre, ce n'est nullement en attente d'une récompense ou d'un prix, Dieu m'est témoin que tu es cher à mon cœur, et j'ai tellement peur pour toi.

— Cette bourse me rapprochera de l'être aimé, alors elle est maintenant aussi précieuse à mon cœur que la pierre qui orne ce pendentif et que je t'offre en gage d'affection, répondit-il, avant de prendre congé en posant son cadeau au creux de la main de son interlocutrice.

Armé de son enthousiasme, et des conseils de la vieille dame, le prince impatient reprit son chemin. Menant sa monture à bride abattue de jour comme de nuit, que le terrain fût sans relief ou accidenté, se contentant de quelques heures de sommeil et de repas frugaux, il franchit trois semaines plus tard les frontières du royaume Médian de son père. Renonçant à son habituelle curiosité, il traversa les deux contrées qui séparaient la sienne de celle où vivait Loundja avec des œillères, évitant ce qui pouvait le retarder, tout décidé à atteindre au plus tôt sa destination, porté par un élan du cœur irrésistible pour une jeune femme que ses yeux n'avaient jamais vue. Il se consolait avec l'idée qu'au retour il aurait tout le loisir de laisser son attention flâner et sa curiosité s'exprimer.

Plusieurs mois plus tard le prince était sur le point d'atteindre sa destination : pour la première fois, de loin, il vit la montagne au pied de laquelle vivaient l'ogresse et celle qu'il était venu délivrer. Entre lui et Loundja de toutes les beautés, entre lui et la maison, entre lui et la montagne il ne restait plus qu'une grande forêt à franchir, l'équivalent d'une journée de voyage.

Sans la décrocher de son cou, il défit le cordon de la minuscule bourse que lui avait offerte la vieille dame et dont il avait pris un grand soin, saisit entre le pouce et l'index une pincée de la poudre qu'elle contenait et la dispersa au-dessus de sa tête en prononçant une formule rituelle. Cette substance poudreuse avait la faculté de rendre indétectable l'odeur du jeune homme (les ogres et les ogresses, comme chacun le sait, n'ont pas un odorat des plus développés sauf en ce qui concerne les humains, ils pouvaient et de très loin sentir leur présence). Puis il pénétra dans la forêt. Il s'arrangea pour atteindre les alentours de la maison de l'ogresse très tard dans la nuit, ce qui lui permit d'en inspecter, sous la lumière lunaire, les environs, coins et recoins sans courir de danger. Puis il se dirigea vers la montagne à la recherche d'un endroit d'où surveiller la maison. Après une ascension périlleuse à dos de cheval, il dénicha le lieu parfait pour faire le guet, surplombant la maison d'assez haut, à l'abri des regards. Il s'y installa et se mit à attendre. A l'aube il vit l'ogresse sortir de chez elle, se diriger vers la forêt et s'y enfoncer très loin en quête du rare gibier qu'elle n'avait encore mangé, pour ne revenir qu'au coucher du soleil. Le lendemain le prince renouvela le rituel de la poudre et attendit, et aux mêmes horaires il revit l'ogresse sortir de chez elle, vaquer à sa principale occupation : la chasse, et rentrer en fin de journée.

La troisième nuit, le prince avait épuisé la poudre offerte par la vieille dame et devait agir. Estimant connaître suffisamment les habitudes de l'ogresse il quitta son abri peu avant l'aurore en direction de la maison. Il y parvint au lever du soleil. Sans hésitation il frappa à la porte à plusieurs reprises. Pas de réponse. Il insista. Toujours aucune réponse. Il fit le tour de la maison pour chercher un autre accès, sans résultat : même les fenêtres étaient toutes situées en hauteur. Par précaution il se dirigea vers la forêt, trouva un endroit abrité, y dissimula son cheval, puis revint vers la maison.

— Bonjour, est-ce qu'il y a quelqu'un ? demanda-t-il.

Aucune voix autre que la sienne ne vint rompre le silence.

— Je suis un voyageur et je demande l'hospitalité, relança le prince sans plus de résultat.

Il prit alors son courage à deux mains, décidé à parler de la véritable raison de sa présence en ce lieu sinistre, et dit :

— Je sais que tu es ici, Loundja. Je suis venu de loin pour te voir.

— Mais est-ce que moi je voudrais te voir ? répondit une voix féminine après un long moment d'hésitation.

— Je ne te veux aucun mal, je suis venu te délivrer.

— Qui es-tu donc pour croire que j'ai besoin d'être délivrée ? rétorqua Loundja qui l'observait depuis le début par une meurtrière.

Le prince sans réticence déclina son identité avant d'insister encore pour qu'elle lui ouvrît la grande porte.

— Des centaines d'hommes comme toi ont eu la même prétention mais le ventre de ma mère fut leur dernière demeure. Elle les a mangés, tous, sans exception. Tu es jeune, mon prince, et tu as la vie devant toi. Une vie dont rêverait tout homme sensé. Va-t'en tout de suite tu éviteras ainsi une mort certaine, dit Loundja qui était de moins en moins insensible à la jeunesse et à la beauté du prince.

— Non, répondit ce dernier, je ne bougerai pas avant de t'avoir vue. Il s'installa alors sur un pan de mur et, sur un ton enflammé, lui raconta dans quelles circonstances il avait entendu parler d'elle, le long voyage qu'il avait entrepris pour la retrouver, son désir de la connaître, l'amour qu'il nourrissait déjà à son égard. Puis il ajouta, laisse-moi te voir, te parler un instant, même si le prix à payer doit être ma vie. Ouvre-moi cette porte et advienne que pourra.

— Même si je le voulais je ne pourrais l'ouvrir, lança Loundja que les derniers propos du prince avaient achevé de désarmer. Ma mère en partant chaque matin ferme la porte et emporte les clefs avec elle. Puis sans lui donner le temps de répondre, elle ajouta : Ne bouge pas.

Elle quitta la meurtrière où elle ne pouvait être vue, se dirigea vers une grande fenêtre de l'étage en dessous, l'ouvrit et se présenta à lui.

Il n'en crut pas ses yeux. Loundja était encore plus belle que tout ce qu'il aurait pu imaginer, la description de la vieille dame même si elle était pertinente en tout point ne lui rendait pas totalement justice, et son désir n'en était que plus ardent.

— Si tu permets, je vais prendre une corde et escalader le mur jusqu'à toi, balbutia le prince sous le coup d'une émotion qui lui nouait la gorge.

— Nul besoin de corde, lui rétorqua Loundja qui maintenant était transportée par un désir presque aussi ardent que le sien. Elle défit ses longs cheveux et les déploya par la fenêtre. Ils atteignirent les bras du jeune homme et lui permirent d'escalader le mur.

Le temps passe si vite, quand le désir se mêle d'une conversation, le badinage vient l'agrémenter, et les caresses la prolonger. Loundja et le prince ne se rendirent compte que le soleil était sur le point de se coucher que quand ils entendirent, d'assez loin heureusement, les bruits monstrueux que faisait l'ogresse sur le chemin du retour.

— Ma mère n'est plus loin, et si nous ne faisons rien tu seras perdu, dit Loundja au prince.

— Pour un moment comme celui-ci j'accepte de payer n'importe quel prix, répondit-il.

— Il ne s'agit pas de payer, car désormais je ne peux survivre à ta mort, mais il s'agit de te trouver le meilleur abri possible, et vite, lança-t-elle au jeune homme.

Une fois passées la surprise et la première frayeur, Loundja s'était vite reprise et envisagea toutes les cachettes possibles. Quand son choix fut fixé, elle entraîna le prince vers la cour.

— Le puits est l'endroit le moins risqué, lui dit-elle, et de toutes les manières nous n'avons plus le choix ma mère sera là dans quelques minutes.

Loundja qui n'avait pas le temps de trouver une corde coupa une mèche épaisse de ses longs cheveux, en coinça un bout sous la pierre ronde et plate qui couvrait le puits et jeta l'autre bout tout au fond. Ils prirent soin de bien ajuster le couvercle pour le remettre à sa place initiale tout en permettant le passage du prince. Celui-ci se déshabilla, accrocha ses affaires en baluchon autour de son cou et, grâce à la mèche suspendue, se glissa dans le puits.

— N'oublie pas, ajouta-t-elle, tu ne bouges pas avant d'être sûr que ma mère dort profondément.

Elle eut à peine le temps de remonter dans la maison que l'ogresse, qui faisait trembler le sol à chacun de ses pas, franchissait déjà la porte d'entrée et se dirigeait vers la pièce principale.

— Je sens la présence de chair fraîche par ici, furent les premiers mots qu'elle prononça en présence de sa fille.

— Mais non, mère, que vas-tu imaginer là ? Il n'y a que moi, répondit Loundja, et certainement c'est mon odeur que tu sens.

— Tu es sûre, ma fille, qu'il n'y a que toi ici ?

— Bien sûr, mère, qui d'autre sinon moi ? Qui pourrait te défier, toi, la plus redoutable des ogresses, et venir jusqu'ici ?

L'ogresse opina, sans rien perdre de sa méfiance, laissa Loundja vaquer à ses occupations, préparer son repas et le manger, et de son côté elle visita toutes les pièces de la maison, les inspecta sommairement à la recherche d'un indice quelconque. Elle comptait se diriger vers la cour mais, fatiguée de sa journée de chasse et alourdie par tous les animaux avalés, elle se contenta d'y jeter un coup d'œil par une fenêtre et alla se reposer. L'idée même qu'un puits si profond aux parois lisses, aux eaux glaciales, pût constituer une cachette ne l'effleura même pas.

Une fois la soirée bien avancée, l'ogresse s'installa dans sa chambre, aux dimensions monumentales, et demanda une seconde fois à Loundja si quelqu'un s'était approché de la maison en son absence. Comme cette dernière niait encore, l'ogresse prononça une formule magique et invita tous ses ustensiles de cuisine à venir jusqu'à elle. Tous sans exception se présentèrent. Elle les renifla méthodiquement, mais aucun ne pouvait lui apprendre quoi que ce fût. Le prince n'ayant ni mangé, ni bu une goutte d'eau. La pierre plate qui couvrait le puits, seule capable de la renseigner sur la présence du jeune homme, se considérant autrement plus noble qu'un vulgaire ustensile de cuisine, ne se donna pas la peine de se déplacer.

A moitié rassurée, l'ogresse demanda à Loundja de s'allonger à côté d'elle, prit une mèche de ses cheveux, l'enroula autour de son immense bras, ce qu'elle ne manquait jamais de faire toutes les nuits puisqu'elle se méfiait d'elle depuis son adoption, et se coucha à son tour.

Loundja, qui simulait le sommeil, attendit fébrilement. Une heure plus tard elle entendit enfin, venant du ventre de sa mère, les cris horribles de tous les animaux qu'elle avait avalés dans la journée. Signe que l'ogresse dormait profondément, c'était aussi le signal convenu entre elle et le prince. Ce dernier, transi par le froid, aux premiers cris entendus, escalada, non sans mal, la paroi du puits aidé par la mèche qui y était suspendue, gagna la cour, se sécha, enfila ses vêtements, et se présenta discrètement dans la chambre pour constater que la jeune femme liée par ses cheveux à sa mère ne pouvait bouger. Il se saisit d'une paire de ciseaux, coupa la mèche enroulée autour du bras de l'ogresse. Loundja, qui en l'attendant avait déjà dérobé la clef de la maison sous l'oreiller de sa mère, se leva et tous deux sortirent. Avec la discrétion requise ils rejoignirent la cachette où se trouvait le cheval et sur son dos s'élancèrent dans une course éperdue pour mettre le plus de distance entre eux et l'ogresse, connue pour être d'une vélocité extraordinaire.

La paire de ciseaux que le prince n'avait pas pris soin d'emporter avec lui, abandonnée dans la chambre, ne tarda pas à se manifester et à faire du bruit pour avertir l'ogresse. Mais celle-ci, profondément endormie, ne l'entendait pas. D'autres ustensiles métalliques vinrent à son secours sans plus de résultat. Alors la paire de ciseaux se mit à piquer de plus en plus fort et même à entailler le bras de l'ogresse. Celle-ci se réveilla enfin de très mauvaise humeur, constata la disparition de sa fille, renifla la paire de ciseaux qu'elle faillit casser dans sa colère, et comprit tout ce qui s'était passé. Ecumant de rage, elle décida néanmoins, sous le coup de la fatigue, de se rendormir, comme chaque nuit, jusqu'à l'aube, sûre qu'elle était de les rattraper sans avoir à fournir un effort extraordinaire. "Puis une poursuite est toujours plus aisée de jour que de nuit", se dit-elle.

De leur côté Loundja et le prince continuaient leur course folle, sans se reposer, malgré tous les pièges que recélait le parcours, et le lendemain vers midi, ils quittèrent enfin la forêt et se trouvèrent en terrain dégagé.

— Ça y est, dit-il à la jeune femme, nous sommes à l'abri de tout danger, il faut ralentir le train pour laisser au cheval le temps de reprendre son souffle.

— C'est maintenant que commence le vrai péril, répliqua-t-elle, ton cheval a l'air solide...

Elle n'avait pas achevé sa phrase que déjà leur parvenaient, de loin, le bruit monstrueux des pas et le craquement du bois des arbres que l'ogresse cassait sur son passage. Elle les pistait depuis l'aube et allait atteindre à son tour la lisière de la forêt.

— Vite, lança Loundja, descendons de cheval et ne pose pas de questions, quand je te soufflerai des réponses tu devras les répéter. Elle prononça une formule magique et d'un coup le prince se transforma en un vieux berger, Loundja en huppe posée sur son épaule et le cheval en troupeau de moutons.

L'ogresse aperçut de loin le troupeau. Pour ne pas effrayer son gardien elle se transforma en vieille dame avant de le rejoindre pour l'interroger :

— Berger, as-tu vu une jeune femme et un jeune homme sur un cheval ?

— Vieille femme, aucune de mes bêtes n'est à vendre, répondit-il avec la voix la plus idiote possible.

L'ogresse répéta de nouveau sa question.

— Puisque je te dis qu'aucune de mes bêtes n'est à vendre, il ne faut pas insister.

Quel est donc cet idiot, grommela l'ogresse entre ses dents, je vais en faire mon déjeuner, lui et son troupeau, et elle reprit sa forme naturelle.

Le berger, qui suivait les instructions de la huppe, se mit à trembler de peur en voyant l'ogresse sous sa véritable apparence et dit :

— Je vous dis ce que je sais à condition d'avoir votre parole de me laisser partir avec mon troupeau.

— En d'autres temps je t'aurais mangé sans hésiter, même si tu n'as pas du tout l'air appétissant, mais là mon désir de retrouver ma traîtresse de fille et surtout l'homme qui l'accompagne l'emporte. Parle et je te laisserai partir sain et sauf.

— Je ne les ai pas vus, ni personne d'autre d'ailleurs, mais ce matin sur la montagne, là-bas derrière vous, j'ai vu un filet de fumée qui montait au ciel. Si ça se trouve c'était peut-être leur feu.

L'ogresse sans demander son reste rebroussa chemin et s'élança en direction de la montagne qui surplombait sa maison. "C'est une excellente tactique, ils sont partis dans la direction opposée de leur cheval pour me leurrer. C'est la seule explication", se dit-elle.

Loundja et le prince reprirent leur course tout l'après-midi et une partie de la nuit sans se reposer ni manger. Mais ils firent une halte car il fallait bien octroyer au cheval un moment de repos. L'ogresse de son côté inspecta la montagne et, n'ayant trouvé aucun indice, elle commença à douter de l'identité du berger et de son troupeau mais il était trop tard pour vérifier, la nuit tombait. Alors elle regagna sa maison pour se reposer en se disant : "Rien n'est perdu, je les rattraperai sans peine demain."

Le lendemain elle sortit de chez elle un peu avant l'aube, décidée à se déplacer encore plus vite qu'elle ne l'avait fait durant la journée précédente, et elle ne manqua pas de rattraper les fuyards en milieu d'après-midi. Mais Loundja qui l'avait entendue venir de loin avait de nouveau fait jouer la magie. Quand l'ogresse parvint à leur niveau elle ne trouva qu'une mosquée, à l'intérieur de laquelle était assis un vieil imam qui tenait un livre. De même qu'avec le berger, l'ogresse se transforma en une vieille dame et vint l'interroger.

— As-tu vu une jeune femme et un jeune homme sur un cheval ?

— Ici c'est une maison de Dieu, elle est ouverte aux étrangers, vous pouvez donc y demeurer, répondit l'imam.

L'ogresse, qui le soupçonnait d'être sourd, dut répéter sa question beaucoup plus fort à deux reprises.

— Vous n'avez pas à insister, vous pouvez demeurer ici sans contraintes.

"Mais les idiots se multiplient à vue d'œil en ces contrées", grommela l'ogresse entre ses dents avant de traîner l'imam dehors et de reprendre son apparence pour en faire son dîner.

— Je vous dis ce que je sais à condition que vous me laissiez la vie sauve, dit l'homme tremblant de peur sans avoir lâché ni fermé le livre entre ses mains.

— Parle et tu seras sauf, répliqua-t-elle au comble de la colère.

— Je n'ai aperçu personne que je ne connaisse, en revanche sur le flanc de cette montagne là-bas, j'ai vu, à plusieurs reprises, briller quelque chose ce matin, peut-être était-ce un bijou ou un miroir qui appartient à la jeune femme dont vous parlez, dit l'imam en indiquant une montagne presque aussi éloignée que celle au pied de laquelle habitait l'ogresse.

Une fois l'ogresse repartie à une vitesse vertigineuse, l'imam redevint le jeune homme, entre ses mains le livre disparut, Loundja vint le remplacer, et la mosquée s'évapora pour laisser place au cheval. Les amoureux reprirent leur fuite malgré la nuit qui tombait et cette fois ils n'avaient pas l'intention de s'arrêter avant de se mettre définitivement à l'abri même s'ils devaient faire une partie de la course à pied. De son côté en début de soirée l'ogresse parvint à la montagne, prit le temps de la fouiller de fond en comble et dut reconnaître sa déconvenue. Après les doutes de la nuit précédente sur l'identité du berger, et ceux d'aujourd'hui concernant l'imam, elle en fut convaincue : sa fille se jouait d'elle et utilisait la magie. "Ai-je pris le risque de la lui enseigner pour qu'elle la retourne contre moi ?" se demanda-t-elle. Ecumant de rage et de colère, elle repartit sur-le-champ à leur poursuite. Elle le savait, elle n'avait plus beaucoup de temps pour les rattraper, et elle décida de se déplacer aussi vite qu'elle pouvait et plus encore.

Quand au matin suivant Loundja vit une rivière miroiter à l'horizon, elle ne put s'empêcher de pousser un soupir de soulagement. Les trais de son visage crispés jusque-là se détendirent et elle gratifia le jour à peine entamé et son compagnon d'un magnifique sourire avant de dire :

— Au-delà de la rivière ma mère ne pourra plus nous poursuivre. Les terres où elle peut sévir s'arrêtent à cette limite. Nous sommes sauv...

Mais dans sa bouche le dernier mot de sa phrase resta suspendu et son visage se pétrifia. Dans leur dos le bruit terrifiant des pas de l'ogresse se fit entendre et au loin sa silhouette se mit à grossir à vue d'œil.

— Nous pouvons arriver à la rivière avant elle, le cheval tiendra encore quelques minutes, dit le prince.

— Aucune chance, dit Loundja au bord des larmes, elle nous rattrapera avant que nous ne soyons à l'abri.

— Alors, transforme-nous encore une fois, lui dit-il, ça sera la dernière.

— Si elle nous a rattrapés aussi vite, c'est qu'elle a compris. J'en suis sûre. La magie ne nous est d'aucune utilité.

— Alors vas-y, continue ta course avec le cheval, je vais l'attendre et la retarder, répondit le prince.

Tout semblait être perdu et la vie du prince ne tenait plus qu'à un fil. Le visage de Loundja, qui n'exprimait plus que désespoir et déception, s'illumina pourtant.

— La magie peut nous être encore utile. Si je me transforme en torrent d'eau, ton cheval en canal et toi en poisson, nous atteindrons la rivière avant qu'elle ne nous rejoigne.

Aussitôt dit, aussitôt fait. Loundja n'attendit même pas l'approbation de son compagnon.

L'ogresse, qui ne ménageait pas ses efforts pour les rattraper, dans un état de colère insurpassable, parvint à hauteur de la rivière une seconde trop tard et constata son échec. Elle se lamenta de la perte de sa fille et, pour la punir, saisit un de ses cheveux et l'arracha.

— Je te charge de la malédiction de l'oubli. Va et accomplis mon vœu, dit-elle au moment de le jeter dans l'eau, et, à l'intention de sa fille, elle ajouta : Tu m'as trahie pour un étranger, néanmoins j'aurai bientôt ma revanche. Il t'oubliera à jamais et tous les malheurs du monde s'abattront sur ton cœur.

L'ogresse rebroussa chemin sur-le-champ de peur de ne pouvoir contenir sa colère et de commettre l'irréparable : traverser la rivière pour avoir sa revanche, et causer sa propre perte. Elle repartit vers son domaine. Quant au cheveu jeté dans la rivière, se mouvant à une grande vitesse comme s'il était devenu un être vivant aquatique, il poursuivit le prince transformé en poisson, le rattrapa et vint s'enrouler autour d'une de ses nageoires.

Loundja, le prince et leur cheval, hors de danger désormais sur l'autre rive, reprirent leurs formes originelles. Malgré l'épuisement dû à leur course de trois jours, ils semblaient être d'une fraîcheur incomparable en laissant exploser leur joie. Mais au bout de quelques minutes, la jeune femme, inquiète à cause de la malédiction lancée par l'ogresse et connaissant sa maîtrise de la magie, se mit à chercher le cheveu jeté par sa mère sur le corps du prince et dans ses habits pour annuler le sort. Hélas, sa fouille minutieuse ne lui permit pas de le trouver. Loundja en fut soulagée, pensant qu'il avait été emporté par les eaux de la rivière. "La malédiction de ma mère ne se réalisera jamais", dit-elle à part soi.

Ils ne s'attardèrent pas et continuèrent, sans forcer le train, leur route à la recherche d'un bourg ou d'un lieu moins dégagé et plus propice pour se reposer et reprendre des forces. Dans l'après-midi, n'ayant rencontré ni ville ni village, ils trouvèrent au flanc d'une colline une petite zone boisée au bord d'un ruisseau et décidèrent de s'y installer pour le reste de la journée et la nuit. Le peu de provisions qu'ils transportaient s'étant épuisé, le prince décida d'aller à la chasse. Loundja de son côté s'attela à préparer le bivouac pour la nuit en attendant le retour de son compagnon. Hélas, son attente fut vaine. Les heures s'égrenèrent et point de prince à l'horizon. La nuit était déjà bien avancée quand la jeune femme, qui espérait encore son retour, se laissa gagner par le sommeil après avoir pleuré toutes les larmes de son corps.

Le prince, après avoir quitté Loundja, repéra un petit animal et se mit à le pourchasser un long moment à l'intérieur d'un bois touffu, avant de le capturer. Sur le chemin du retour, toujours à fond de train, il heurta la branche d'un arbre et tomba de cheval inconscient. Au petit matin il reprit conscience et quelque chose déjà lui échappait. Quelle était la raison de sa présence en ce lieu ? Il ne s'en souvenait plus. Le reste de sa mémoire était intact, et même les étapes du long voyage qu'il avait entrepris depuis plusieurs mois, il se les rappelait, seuls Loundja et tout ce qui la concernait en étaient extraits et avaient disparu par enchantement. Ses tentatives pour élucider ce mystère se dissipaient dans un brouillard épais et finirent par l'agacer. Il décida alors de rentrer et, non sans empressement, il se lança en direction du royaume Médian. Parti depuis si longtemps, il se rendait brusquement compte qu'il avait dû causer un chagrin immense à ses parents. "Sans doute m'imaginent-ils mort à l'heure qu'il est", se dit-il.

De son côté, Loundja dut, le matin, se rendre à l'évidence : le sort jeté par l'ogresse avait bel et bien agi. Pour ne pas sombrer dans le désespoir, elle mobilisa tout ce qu'elle possédait de volonté pour se mettre en route, son esprit n'en était pas moins préoccupé par la même question : quel objet ou quelle partie du corps du jeune homme avait pu échapper à sa fouille ? Jusqu'au jour où, dans une ville quelconque, elle vit un homme défaire les cordons d'une grosse bourse pleine de pièces d'or. Elle se rappela la minuscule bourse qui pendait au cou du prince. Il lui avait parlé de son histoire et de la valeur qu'elle avait acquise dans son cœur. Elle n'avait pas imaginé un instant que le cheveu avait pu s'y glisser. Elle en était sûre maintenant, la minuscule bourse étant le seul objet qu'elle n'avait pas examiné, le cheveu ne pouvait s'être logé que là. Une fois le mystère éclairci, sa volonté n'en fut que plus affermie : "Même si cela doit me prendre des années et des années j'irai le retrouver jusque dans son royaume", se dit-elle.

*

Deux années s'écoulèrent avant que Loundja, déguisée pour ne pas susciter les convoitises et assurer sa protection, ne parvînt au royaume Médian – elle avait fait de nombreuses haltes plus ou moins longues pour s'assurer les moyens de continuer son voyage et vécu de nombreuses aventures. Au lieu de se diriger vers la capitale, elle fit route vers le village où habitait la vieille dame dont le prince lui avait parlé avec enthousiasme et affection. Elle la retrouva et, sans dévoiler son identité, demanda s'il lui était possible de lui offrir l'hospitalité. Celle-ci, discrète, posa peu de questions à Loundja, accepta sans réticence de l'héberger et, au détour d'une longue conversation, lui apprit que le prince était déjà rentré depuis longtemps. Ses parents, qui le pensaient mort lors de son périple, avaient organisé une fête mémorable pour son retour. Elle se garda bien de lui dire son étonnement et son incompréhension. Pourquoi le prince n'était-il jamais venu la voir ? Pourquoi était-il rentré tout seul ? Que s'était-il passé lors de son voyage ?

A l'issue des trois ou quatre jours d'hospitalité convenus, la vieille dame plutôt ravie, elle qui vivait seule et se savait de plus en plus diminuée, de trouver en cette jeune femme quelqu'un d'affectueux, serviable et loyal, lui proposa de demeurer chez elle le temps qu'elle voulait.

— Je te considère déjà comme la fille que je n'ai jamais eue. Même si je ne suis pas démunie, les conditions de vie sont dures ici, mais si tu le désires cette maison est la tienne pour toujours, ajouta-elle.

Peu de temps s'était écoulé depuis cet échange que déjà le prince, indirectement, se rappelait aux souvenirs de l'une et de l'autre. Lors d'un jour de marché à la capitale, où Loundja et la vieille dame s'étaient rendues pour vendre des poteries, elles entendirent le crieur public annoncer le futur mariage du prince et convier les paysans désireux d'engraisser des jeunes ovins pour les cérémonies et gagner ainsi quelques subsides à aller les chercher auprès de l'intendant du sultan. Loundja pria alors son hôtesse de donner suite à cette proposition, et de prendre autant qu'elle pouvait de têtes de bétail.

— Mais, ma fille, là où nous habitons, en montagne, il n'y a pas de pâturages en cette saison et nous ne possédons pas de grains pour pallier ce manque. Les bêtes vont plutôt maigrir ou, pire, mourir de froid et de faim, rétorqua celle-ci.

— Accepte ce que je te demande et ne t'inquiète pas, p'tite mère, je sais ce que je fais.

La vieille dame se présenta chez l'intendant et lui demanda toutes les bêtes qui lui restaient. Celui-ci, réticent à l'idée de les confier à une femme aussi âgée, voulut l'en dissuader. C'était compter sans sa ténacité. Le crieur public n'avait exclu personne pour son âge ou son sexe, elle était prête à aller se plaindre au roi. Son interlocuteur n'avait d'autre choix que de satisfaire sa requête.

— Mais, lui dit-il, dans un mois mes gardes viendront chez toi les chercher et gare à toi si elles sont encore maigres ou si quelque chose leur arrive d'ici là. Tes cheveux blancs ne te protégeront pas, ma punition sera très sévère.

Revenue à la maison, à la tombée de la nuit, Loundja, qui ne s'inquiétait pas outre mesure, voyait bien que notre potière n'était pas apaisée. Elle lui avait posé des questions, sur le chemin du retour, concernant la façon de trouver de la nourriture en quantité nécessaire aux animaux en si grand nombre. Alors, pour la rassurer, elle convoya le troupeau dans un endroit à l'écart du village et, miracle, fit apparaître en un claquement de doigts et quelques formules rituelles, à la place d'un terrain rocailleux, sec et nu, de magnifiques pâturages parsemés d'herbes aromatiques sauvages et de fleurs, traversés par un petit ruisseau indolent. Toujours sans dévoiler son identité, elle expliqua à la vieille dame qu'elle maîtrisait quelque pouvoir magique et ne s'en servait pour ainsi dire jamais sauf nécessité absolue. Cette dernière toujours aussi discrète se contenta de ce qu'elle entendit et se garda de tout commentaire ou question supplémentaire. "Elle a toute ma confiance même si depuis le début il y a des choses qu'elle ne me dit pas. Elle doit avoir des raisons valables de les taire", se dit-elle.

Chaque soir, après s'être assurée de l'absence de tout regard indiscret, Loundja procédait de la même manière. Une fois que les bêtes avaient mangé et bu à satiété, le champ reprenait son aspect initial, et les deux femmes les escortaient jusqu'à un enclos improvisé attenant à la maison où elles se reposaient. Elles ne cessèrent de prendre du poids jusqu'à l'expiration du délai et l'arrivée, un matin très tôt, des gardes du palais accompagnés de l'intendant lui-même. A la vue du troupeau, ce dernier fut agréablement surpris et ses éloges pour les deux femmes furent intarissables.

— Les autres animaux, je les ai regroupés hier. Mais ils sont loin d'être aussi beaux que les vôtres. Vous avez fait un excellent travail et pour ça vous serez généreusement rétribuées, dit-il avant de saluer les deux femmes pour prendre congé.

Mais au moment où ses gardes voulurent relever les bêtes pour repartir, celles-ci restèrent accroupies sans broncher. Impassibles, elles refusaient de bouger malgré les cris et les gesticulations. L'intendant essaya plusieurs ruses, sans résultat, il ordonna alors aux gardes d'utiliser la force. Hélas pour lui, les bêtes étaient trop nombreuses. Il était impossible de toutes les traîner. Loundja trouva le moment propice pour intervenir.

— Je sais comment les faire bouger, dit-elle.
— Ah, tu me sauves, jeune femme. Je te laisse faire !
— Je n'ai pas dit que j'allais le faire.
— Comment ?
— J'ai une condition.
— Qui me dit que tu peux le faire ? Prouve-le-moi et j'accéderai peut-être à ta condition, répondit

l'intendant après avoir réfléchi un petit moment à la meilleure manière de rouler Loundja.

Celle-ci s'approcha du bélier le plus fort, lui caressa le front et le flanc et lui dit quelques mots à l'oreille. L'animal se releva et bêla en direction de tous ses congénères qui à leur tour se relevèrent et se positionnèrent derrière lui. Et tout le troupeau se mit en marche derrière Loundja.

— Voilà la preuve, dit-elle.

— Quelle est ta condition ? lança l'intendant quelque peu moqueur, avant de demander à ses hommes d'emmener le troupeau sans attendre.

Loundja, avant de lui répondre, prononça vite deux ou trois mots inintelligibles à l'attention des animaux qui tous s'immobilisèrent. Et ce bien que le bélier, lui, fût traîné avec brutalité, assez loin, par les gardes.

— Allez dire au prince de venir lui-même rechercher le troupeau, dit-elle à l'intendant.

— Comment oses-tu formuler une telle condition ? Tu vas tout de suite mettre en mouvement le troupeau derrière les gardes sinon c'est toi que je vais emmener et jeter dans un cachot pour le restant de tes jours, s'emporta-t-il en faisant signe à l'un de ses hommes de s'emparer d'elle.

— Attendez, intervint la vieille dame qui voyait les choses prendre une tournure inquiétante, regardez ce pendentif, dit-elle à l'intendant en l'arrachant de son cou. Vous le reconnaissez peut-être ? Et elle ajouta devant l'étonnement de celui-ci : Il appartenait au prince et avant lui le sultan l'avait porté longtemps.

Prenez-le et allez voir le prince. Dites-lui que la personne à qui il l'avait offert souhaite humblement le voir chez elle. Et s'il ne se rappelle pas me l'avoir donné ou dans quelles circonstances, dites-lui que ça sera l'occasion pour moi de les lui rappeler.

L'intendant, qui était sûr d'avoir déjà vu le pendentif, ou du moins la pierre précieuse qui l'ornait, après un moment d'hésitation et surtout par peur des conséquences d'une décision trop hâtive, se résolut à le prendre de la main de son interlocutrice et partit le rapporter lui-même, ainsi que les propos de celle-ci, au prince. Escortées par les gardes qui prirent position à toutes les issues, les deux femmes regagnèrent la maison. Etonnée par les agissements de sa protégée, notre potière, égale à elle-même, s'abstint néanmoins de poser des questions. Loundja, qui n'en attendait pas moins d'elle, se sentit quand même dans l'obligation, vu la tournure des évènements, de la mettre dans la confidence. Elle lui dévoila son identité et lui fit un récit détaillé de sa rencontre avec le prince, de leur séparation, de l'amour qui la motivait. Tout s'expliquait enfin. Le silence s'imposa et les gestes suppléèrent aux mots pour révéler l'étendue de la complicité qui s'était nouée entre elles. La vieille dame la prit dans ses bras et la consola tendrement de tout ce qu'elle avait enduré. Et comme si elles étaient une mère et sa fille, dans la lumière du matin, la plus âgée peignit affectueusement et longuement la chevelure de la plus jeune jusqu'à lui rendre tout son lustre et sa magnificence.

Le prince ne fut pas lent à parvenir jusqu'au village. Très perplexe à la vue du pendentif, tandis que l'intendant lui exposait la requête des deux femmes, il avait senti quelque chose remuer en lui sans savoir ce que c'était. Il se rappelait avoir offert le bijou, témoignage d'une grande affection, à une vieille dame sans se souvenir des circonstances de son geste, ni ce qui l'avait motivé. La minuscule bourse en cuir qui pendait à son cou lui était toujours précieuse même s'il ne savait pas non plus le pourquoi du comment. Il avait à maintes reprises refusé la requête de ses parents de la remplacer par un bijou qui convenait mieux à sa position et à son prestige. Très pressé de parvenir au village de la potière – "Peut-être enfin aurai-je des réponses", se disait-il –, il sauta sur sa monture la plus rapide, et distança, et de loin, l'intendant du sultan. A peine arrivé, il submergea de questions la vieille dame qui était venue à sa rencontre.

— Mon fils, lui dit-elle, prends la peine d'entrer à l'intérieur de la maison, de reprendre ton souffle et de boire un verre d'eau. Les réponses viendront au moment opportun.

Mais une fois le seuil franchi et le verre d'eau bu, le prince ne put se retenir plus longtemps. Les mots, de nouveau, se bousculèrent dans sa bouche, d'autant plus qu'il se rappelait parfaitement le visage ridé et agréable de cette personne frêle et avenante, avec ses yeux rieurs et malicieux.

— A quel moment et pourquoi avons-nous échangé ce pendentif et cette bourse ?

— Ma mère répondra à toutes tes questions, lui rétorqua Loundja qui restait dans l'ombre, mais à une condition.

— Laquelle ?

— Elle veut reprendre sa bourse et vous reprendrez votre pendentif si vous le souhaitez.

— Non, il n'en est pas question. Sans que je sache pourquoi, cette bourse m'est trop chère. Puis il ajouta : Selon mes souvenirs cette femme vivait toute seule et n'avait pas de fille. Qui es-tu ? Pourquoi restes-tu dans l'ombre ainsi ? Pourquoi retiens-tu les animaux prévus pour la cérémonie de mon mariage ?

— Peu importe qui je suis et pourquoi je suis là, permettez-lui de reprendre la bourse juste pour quelques minutes.

— Non, je refuse de m'en séparer même un seul instant.

— C'est une question de vie ou de mort.

— Explique-toi, rétorqua-t-il.

— Je ne peux rien expliquer mais ma vie en dépend.

— Si c'est ainsi ! Même si je ne te connais pas, la vie d'un être est ce qu'il y a de plus précieux, dit-il en donnant la bourse à la vieille dame qui s'empressa de l'ouvrir, d'en extraire le cheveu et de le tendre à Loundja.

Mais, le visage toujours caché par l'ombre, celle-ci, qui s'apprêtait à le jeter au feu, s'arrêta brusquement.

— J'ai encore une question, dit-elle au prince, es-tu heureux de te marier ?

— La réponse ne concerne personne d'autre que moi, rétorqua-t-il un tantinet agacé.

— Si tu souhaites connaître la vérité par toi-même sans l'intervention de quiconque, j'ai besoin d'une réponse sincère de ta part. Et j'ajouterai de même que ma vie future en dépend.

— A ce point ? lui demanda-t-il encore plus intrigué par cette jeune femme dont il ne distinguait pas le visage.

— Oui à ce point et plus encore !

— Eh bien, soit ! Pour être honnête, je ne sais pas vraiment si je suis heureux ou malheureux. Je me marie pour faire plaisir à mes parents et parce que la charge du royaume me sera transmise pour décharger mon père vu son âge. Peut-être que le bonheur viendra par la suite, même si mon hésitation, voire ma réticence, est grande. Et pour être encore plus honnête, à un mois de la cérémonie officielle, je n'ai même pas encore choisi entre les trois prétendantes. Toutes trois filles de grandes familles du royaume. De belles jeunes femmes, bien à tous égards. Mais j'ai l'étrange impression que le bonheur, je l'ai déjà connu et perdu, je ne sais où, peut-être dans un rêve !

Après ce dernier mot, Loundja perdit toute appréhension, laissa échapper d'entre ses doigts, au-dessus du feu, le cheveu qu'elle gardait et sortit de l'ombre. A peine un léger crépitement dans les flammes et voilà le prince qui dessillait ses yeux...

Et notre histoire pénétra dans un bois pour égayer les saisons,
Et l'année prochaine nous aurons une belle moisson.

LE BÛCHERON

De nouveau nous nous retrouvons, les oreilles impatientes et les regards en partance. De nouveau nous nous retrouvons autour de la braise et de la flamme, celles que la ronde des mots de la nuit allume dans vos yeux et vos cœurs, disait la conteuse. Un autre lieu, un autre temps, un autre voyage entre les rives. Pour nous arrêter cette fois auprès d'un homme humble et le suivre dans une quête dont aucun être sur cette terre, ni l'oiseau dans les cieux ni le poisson dans l'eau, ne peut s'affranchir. Celle, perpétuelle, pour la pitance quotidienne.

A la périphérie d'une médina, plutôt grande pour cette époque lointaine, plutôt faste pour la capitale d'un royaume qui se dérobait déjà derrière le voile de ses légendes fondatrices, vivait modestement un bûcheron avec sa femme et leurs nombreux enfants dans une masure des plus rudimentaires. Malgré son acharnement à la tâche – chaque jour il devait parcourir une distance conséquente jusqu'à l'unique forêt de la région où il suait du matin au soir pour prélever son bois –, lui et les siens étaient constamment menacés par la faim. Son travail ne suffisait pas toujours à assurer le pain quotidien. Toute sa famille, du plus jeune au plus âgé, connaissait les affres de l'estomac vide, surtout à certains moments de l'année, quand le mauvais temps et plus exceptionnellement la neige l'empêchaient d'exercer son métier.

Comme à son habitude, un matin très tôt, après son frugal petit-déjeuner, armé de ses outils et de ses cordes, et accompagné de son fidèle âne, notre bûcheron se mit en route vers son labeur, non sans appréhension. Connu pour être avenant, voire jovial, sachant contre mauvaise fortune bon cœur, subitement il était devenu taciturne et chaque jour le rendait plus anxieux que le précédent. Il avait remarqué depuis quelques mois que les zones accessibles de la forêt s'étaient considérablement dégarnies, et que les arbres adaptés à son activité se raréfiaient, ce qui le tourmentait grandement.

Arrivé sur place, la réalité dépassait ses inquiétudes. Aussi loin que pouvait porter son regard il n'y avait que des essences inappropriées, des arbrisseaux trop jeunes ou au contraire de vénérables centenaires qu'il se garderait de toucher quels qu'en fussent ses besoins. Comme si la veille une razzia était venue à bout du peu qui restait.

"Le jour est arrivé", se dit-il. Cette fois-ci il n'avait plus le choix. Il devait faire fi de ses craintes. Il devait pénétrer dans la forêt plus loin qu'il ne l'avait fait jusqu'alors. Il attacha son âne à un arbre, récita une prière et s'aventura d'un pas hésitant plus avant sous les voûtes végétales des branches enlacées et entre les troncs et les lianes enchevêtrés. Au bout d'une heure ou deux d'une progression lente et pénible, il atteignit un endroit plus dégagé où il était sûr de trouver ce qu'il cherchait, sans savoir que c'était là le cœur même de cette forêt.

Après avoir embrassé d'un regard expert tous les arbres qui s'offraient à sa vue, il en choisit un, et de plus près s'assura de son essence et évalua son âge. Ces vérifications faites, il sortit sa hache et sans plus tarder commença sa pénible tâche. Il n'en était qu'à son troisième ou quatrième coup quand il entendit une voix gronder de colère et vit apparaître, s'échappant de l'écorce d'un chêne-liège deux fois centenaire, situé à sa droite, un tourbillon de fumée qui ne cessa d'enfler avant de se transformer en un être gigantesque. C'était le djinn de la forêt. Il était connu de tous que le grand génie de la forêt n'aimait pas qu'on troublât son repos et réagissait mal, très mal, quand c'était le cas. Il darda sur notre bûcheron un regard d'où s'échappaient des étincelles avant de s'adresser à lui :

— Qui est l'impudent qui trouble ainsi mon sommeil ?

Le bûcheron, paralysé par la surprise et la peur, réussit néanmoins à répondre tant bien que mal au géant qui le surplombait.

— Ce n'est que moi, un pauvre homme, un simple mortel. Je te demande pardon, je ne savais pas...

— Et pourquoi troubles-tu ainsi mon sommeil ? l'interrompit, toujours avec la même voix grondante, le génie qui ne semblait pas disposé à entendre ses excuses.

— Je ne cherchais nullement à troubler votre sommeil mais seulement à couper cet arbre.

Le djinn, qui à une période de sa vie aurait pulvérisé notre bûcheron d'une seule chiquenaude sans préambule ni préavis tant il se laissait facilement emporter par la colère, réussit à se contrôler. Il voulait, depuis quelque temps, tempérer plus ou moins ses emportements. La jeune fée nouvellement installée dans cette forêt – elle remplaçait une autre beaucoup plus âgée qui s'était retirée dans une forêt lointaine pour vivre paisiblement ses vieux jours – n'était pas étrangère à sa décision. Puisqu'elle lui avait reproché, à son arrivée, son comportement et surtout ses colères légendaires, il s'était promis de chercher par tous les moyens à se modérer pour paraître à ses yeux sous un meilleur jour.

Il n'était pas encore de notoriété publique en ces temps-là que les King-Kong quand ils s'éprennent d'une poupée Barbie peuvent se faire mener par le bout du nez sans grandes difficultés, mais notre génie, lui, était un précurseur. Il trouvait que c'était là une bonne occasion de montrer à la fée qui ne quittait jamais plus ses pensées combien il était maître de lui-même.

Donc, faisant l'effort de calmer sa fureur tout en réfléchissant au meilleur moyen de retrouver sa tranquillité sans user et mésuser de sa force et de son pouvoir, le djinn s'adressa avec une voix beaucoup moins colérique cette fois-ci au bûcheron.

— Et pourquoi dois-tu couper cet arbre ? Ni lui ni la forêt ne t'ont fait de mal…

— Pardon, la surprise et la peur m'ont muselé. J'ai oublié de vous dire que je suis bûcheron. Je travaille pour assurer le pain de mes nombreux enfants. Si je n'abats pas cet arbre ils n'auront rien à manger. Les plus jeunes doivent déjà m'attendre avec l'espoir de soulager leur faim.

— Alors c'est toi qui ne cesses de dégarnir ma forêt.

— Non, ce n'est pas moi. Bien sûr j'en coupe, des arbres, tous les jours, mais je ne me suis jamais permis d'abattre de trop jeunes arbrisseaux ou de vénérables centenaires. C'est la raison pour laquelle je suis en face de vous, j'aurais pu me contenter de couper ceux qui étaient à ma portée à la périphérie sans distinction d'âge où d'essence, mais non, j'ai préféré m'enfoncer dans la forêt et affronter ses dangers. Certes je suis pauvre et je fais tout mon possible pour nourrir les miens, mais je prélève toujours mon bois dans les règles de l'art, en faisant attention à ne pas tarir sa source. Dans ma famille nous sommes bûcherons de père en fils.

La pauvreté du bûcheron, son travail harassant, ses nombreux enfants, son respect pour la forêt et les règles de l'art avaient, chose inimaginable quelques mois auparavant, attendri le djinn. Certainement une autre conséquence de sa passion subite pour la fée de la forêt.

— Si je te donne un moyen de subvenir aux besoins de ta famille, promets-tu de cesser de m'importuner ? dit le djinn mû à la fois par un élan compassionnel et

135

l'envie de retrouver sa tranquillité – se débarrasser de l'importun – pour rêver à sa fée.

— Je promets, répondit le bûcheron, après un moment de réflexion et quelques hésitations.

Pour la première fois le djinn sourit à son interlocuteur comme s'il avait deviné son dilemme. Il prononça une formule, claqua des doigts et fit apparaitre instantanément un petit moulin à grain rustique, puis il dit :

— Tiens, prends et quitte ce lieu, rentre chez toi.

— A quoi peut bien me servir ce moulin ? rétorqua le bûcheron qui semblait déjà regretter d'avoir posé la question.

— Il suffit d'y mettre une poignée de grain, de le faire tourner, et de dire en même temps "Par la voix de ton maître entame ton labeur". Tu verras le résultat. Puis il renchérit en voyant la moue sceptique se dessiner sur le visage du bonhomme : N'en doute pas, je te fais là un présent qui soulagera à jamais ta peine. Bien sûr en contrepartie tu ne reviendras plus perturber mon repos.

Le bûcheron, qui n'était pas tout à fait rassuré sur son sort et encore moins sur la valeur du cadeau, acquiesça pourtant de la tête pour faire bonne figure et tourna les talons pour disparaître le plus vite possible, quand le djinn le rappela.

— Ah, j'ai oublié de te dire quelque chose. Quand tu voudras que le moulin s'arrête de tourner tu diras "Par la voix de ton maître cesse ton labeur sur-le-champ", dit le génie avant de se volatiliser pour aller reprendre sa sieste et rêvasser à la fée.

Le bûcheron rejoignit son âne, chargea le moulin sur le dos de l'animal et reprit le chemin du retour, sans trop montrer sa joie. Au moins le temps de s'assurer d'un côté que le cadeau était bel et bien réel et n'allait pas se volatiliser au moment où il quitterait la forêt et de l'autre qu'il pouvait vraiment soulager sa peine quotidienne. A y réfléchir de plus près, se demandait-il, comment un moulin des plus ordinaires constitué de deux pièces rondes taillées dans la pierre serait-il à l'origine d'un quelconque bienfait ? Ça pouvait, effectivement, être une mauvaise blague du djinn. Les génies étaient connus, du moins certains d'entre eux, pour avoir l'esprit farceur quand ils n'étaient pas trop en colère.

Même si être encore en vie après cette rencontre suffisait à le rendre heureux, ses angoisses et ses questions sur le moulin revenaient toutes à mesure que la distance jusqu'à sa masure se réduisait. Il se savait attendu et ne voulait pas affronter les mines dépitées et les regards interrogateurs de ses enfants quand ils remarqueraient qu'il rentrait sans la moindre brindille de bois.

Arrivé chez lui, notre bûcheron surveilla les siens de loin tout un moment avant de profiter d'un instant d'inattention où tous vaquaient à leurs occupations pour certains, à leurs jeux pour d'autres, pour se faufiler discrètement jusqu'à la cahute qui leur servait de cuisine, où il entreposa le moulin. Puis il fit signe à sa femme, qui le questionnait du regard sur les raisons qui l'avaient poussé à rentrer si tôt, de le suivre et s'enferma avec elle.

— As-tu encore une poignée de grain ? lui demanda-t-il.

— Il en reste à peine deux, elles ne suffiront pas à soulager la faim de tous les enfants, ce soir encore les plus jeunes d'entre eux pleureront à chaudes larmes.

— Apporte-les s'il te plaît, lui rétorqua le bûcheron.

Sa femme, interloquée tout autant par son retour prématuré que par sa demande, s'exécuta quand même et lui remit tout ce qu'il leur restait de blé dans un bol. Le bûcheron alimenta, avec une première poignée de grain, le moulin, lui fit faire deux tours en prononçant la formule, et celui-ci se mit aussitôt à tourner tout seul. Au bout de quelques minutes, l'homme et sa femme n'en croyaient pas leurs yeux, la quantité de farine produite était sans commune mesure avec celle du grain introduit. Tout à leur joie ils en oublièrent le moulin qui tournait toujours et produisait encore. Quand ils s'en préoccupèrent de nouveau la farine s'étalait partout dans la cuisine.

Le bûcheron tenta d'arrêter le mouvement giratoire en y opposant toutes ses forces, mais en vain. Le moulin tournait encore et la farine continuait à se répandre et menaçait de les ensevelir bientôt tous les deux, après avoir recouvert tous les ustensiles et les quelques meubles bas. Le bûcheron se rappelait bien sa conversation avec le djinn dans la forêt, mais les tout derniers propos exacts de celui-ci lui échappaient. Des gouttes de sueur perlaient sur son front, la panique le gagnait déjà.

La formule précise ne lui revint à l'esprit, après un ultime effort de mémoire, qu'au moment où la situation semblait prendre une tournure dramatique. "Par la voix de ton maître cesse ton labeur sur-le-champ", dit-il. Et le moulin s'arrêta net.

A l'expression de sa femme, dont les yeux grands ouverts d'étonnement étaient braqués sur lui, le bûcheron comprit qu'il n'avait pas intérêt à se faire prier, ou à aiguiser plus longtemps sa curiosité. Après une petite plaisanterie ou deux, il se lança enfin et lui raconta sa matinée dans la forêt, sa rencontre avec le génie et tout le reste. Puis, une fois sa femme rassurée et satisfaite des explications, ils appelèrent leurs enfants et de nouveau ils firent tourner le moulin pour le plaisir de les surprendre agréablement. Bien sûr tous étaient émerveillés par ce que leur père avait rapporté à la maison.

— Bien, tout ça est loin d'être ennuyeux, dit le bûcheron, mais il nous faut emporter la farine au marché avant qu'il ferme pour la vendre et acheter ce qui nous manque. Ce soir nous ferons un repas royal, un festin tel que nous n'en avons jamais rêvé.

— Mais nous n'avons pas de boisseau pour la mesurer, dit l'aîné des enfants.

— Il a raison, dit le bûcheron en se tournant vers sa femme, pour la vendre il faut d'abord la mesurer et nous n'avons pas de boisseau, peux-tu aller voir la voisine et lui demander de te prêter le sien ?

La femme du bûcheron était plutôt réticente, et à juste titre, à l'idée de s'adresser à ces voisins-là particulièrement. Ils ne leur avaient jamais témoigné la moindre considération, ni même la simple courtoisie nécessaire à une relation de bon voisinage, et encore moins la compassion dans les moments les plus difficiles. Au contraire. La femme du bûcheron se rappelait toujours ce jour où sa voisine passant devant son seuil avait dit, volontairement à très haute voix, à une de ses amies "Leur masure n'en est que plus misérable ainsi adossée contre notre belle demeure" avant de rire à gorge déployée. Elle autant que son mari, un marchand aisé qui possédait plusieurs commerces et un des hammams les plus fréquentés de la ville, les regardaient avec condescendance, voire mépris, du haut de leur richesse. Elle se souvenait aussi de la déception et du chagrin de ses enfants lorsque la voisine avait interdit aux siens de jouer avec eux.

Les vexations subies sans raisons ne manquaient pas. Pourtant, devant tous les regards qui se tournaient vers elle et notamment ceux des plus jeunes de ses enfants qui attendaient avec impatience le festin royal promis par leur père, la femme du bûcheron dut accepter d'aller solliciter sa voisine.

Depuis qu'elles étaient voisines, c'est-à-dire depuis de très nombreuses années, c'était bien la première fois que la femme du bûcheron demandait à emprunter un boisseau (ou quoi que ce fût d'autre d'ailleurs). Ce qui ne manqua pas d'intriguer la femme du riche marchand. "Que pouvez-vous bien vouloir mesurer, vous qui arrivez à peine à manger ? On ne mesure un produit que quand sa quantité est conséquente", pensa-t-elle avant de lui adresser la parole d'un ton moqueur :

— Ma chère voisine, aurais-tu quelque chose à mesurer ?

— Je viens de moudre du grain et je veux connaître la quantité exacte de farine pour pouvoir la rationner, rétorqua laconique la femme du bûcheron.

Toujours avec un sourire narquois, la voisine accepta et alla chercher le boisseau. Néanmoins, envieuse comme elle l'était, de surcroît peu convaincue par la réponse de la femme du bûcheron, avant de le lui donner elle colla un tout petit bout de gomme arabique au fond de l'ustensile pour en avoir le cœur net.

Effectivement la femme du marchand constata quand il lui fut rendu une heure ou deux plus tard qu'il avait servi à mesurer une farine de blé, la gomme arabique collée au fond en était couverte, mais sa curiosité ne se calma pas pour autant, et n'avait aucune chance de se calmer tant elle était le produit d'un esprit vénal tourmenté par la jalousie, l'envie et la convoitise. Persuadée qu'"on ne mesure une denrée que quand sa quantité est conséquente", elle se mit à se poser des questions : "Est-ce à dire qu'ils ont beaucoup de farine ? Oui, c'est sûr. Mais non, pauvres comme ils sont ce n'est pas possible ! Peut-être de l'aumône ? Non, non pas eux. Peut-être que…", etc., etc.

Après avoir formulé toutes les hypothèses de réponse sans apaiser son tourment, poussée par ses démons, elle décida d'espionner ses voisins. Elle se posta sur la terrasse de sa maison dans un coin où elle ne pouvait être aperçue et attendit. Elle vit alors le bûcheron, aidé par ses enfants les plus âgés, charger l'âne avec deux gros sacs desquels s'échappait un nuage de farine, et se diriger vers le centre-ville. Puis, plus tard, elle le vit revenir en fin d'après-midi chargé de victuailles : de la viande, des légumes, des fruits et tant d'autres sacs dont elle ne put deviner le contenu.

Pendant plusieurs jours, ne quittant son poste que pour manger ou dormir, elle vit la même scène se répéter. Un jour sur trois le bûcheron partait au marché chargé de deux sacs de farine et revenait chargé de victuailles. Dans son esprit d'autres questions étaient venues s'ajouter aux premières : "D'où est-ce qu'elle provient, cette farine ? auraient-ils fait un héritage ? Mais non ce n'est pas possible, toute leur lignée est une lignée de pauvres. L'auraient-ils volée ? Eux ? ce n'est pas possible ! Même les plus jeunes de leurs enfants, alors qu'ils n'avaient pas mangé d'un ou deux jours, ne se permettaient jamais de porter la main sur ma nourriture."

Nourriture qu'elle laissait traîner volontairement pour les pousser à commettre un larcin. Prétexte tant recherché pour interdire, définitivement, à ses propres enfants de fréquenter ceux des voisins ou de jouer avec eux. Interdiction qui finalement était tombée sans raison apparente ni argument. "Mais alors d'où est-ce qu'elle provient, cette farine ? D'où est-ce qu'elle sort ? Je ne me rappelle pas l'avoir vu rentrer une seule fois avec une quantité de grain équivalente à celle de la farine ! C'est sans doute la nuit, pendant que je dors, qu'il ramène son blé."

Avoir des réponses à ses questions était devenue sa préoccupation majeure au point qu'elle décida de ne plus quitter la terrasse même de nuit. Elle vit ses voisins, du plus jeune au plus âgé, reprendre des couleurs, changer d'aspect, troquer leurs guenilles contre des vêtements confortables. Eux qui d'habitude, souffrant souvent des affres de la faim, étaient tous décharnés, les traits émaciés, semblaient désormais retrouver la santé, leurs visages resplendissaient. En revanche elle ne vit jamais le bûcheron apporter du grain chez lui, ni de jour ni de nuit. Elle n'en était que plus perplexe "Alors d'où est-ce qu'elle provient toute cette farine que le bûcheron continue à charrier, un jour sur trois, jusqu'au marché ?"

A mesure que les jours passaient, n'obtenant pas de réponses – au contraire, le mystère s'épaississait –, la femme du marchand se résigna à quitter sa terrasse – "Continuer à les épier de la sorte ne peut rien m'apprendre de plus", se dit-elle. Mais, intraitable, il n'était pas question pour elle de renoncer. Il lui fallait savoir, tout savoir sur ce qui se passait dans la maison des voisins, la source du changement, l'origine inexpliquée de cette farine. Comment s'y prendre pour arriver à ses fins ? Elle avait déjà sa petite idée. Le temps passé à son poste de guet ne lui avait pas servi uniquement à les espionner.

Le soir, une fois son mari rentré, elle lui fit part de sa découverte ainsi que de sa ferme intention de percer le mystère par tous les moyens possibles. Ensuite elle lui expliqua sommairement la manière dont elle allait procéder. Celui-ci l'encouragea vivement

– "Après tout peut-être que derrière tout ça se profilera une occasion de gain supplémentaire", se dit-il – et la félicita longuement pour son esprit d'initiative, son intelligence et sa perspicacité.

Le lendemain matin, après le petit-déjeuner, elle appela sa fille la plus jeune (à peine huit ans), et lui expliqua que, dorénavant, elle pouvait de nouveau jouer à sa guise avec la fille des voisins qui avait à peu près le même âge qu'elle. Non seulement l'interdiction était levée mais elle pouvait même l'inviter à la maison.

La gamine, ravie à l'idée de retrouver sa copine, s'élança sans attendre, alors que sa mère lui parlait encore, hors de la maison. La relation entre les deux fillettes fut vite rétablie et dans l'après-midi c'est la fille du bûcheron qui vint appeler sa camarade de jeux chez elle. C'était là l'occasion qu'attendait la femme du marchand. Elle l'invita à entrer, lui offrit quelques friandises et, l'air de rien, la questionna sur ce qui se passait chez ses parents. La fillette avec toute son innocence ne se fit pas prier. Elle décrivit dans le moindre détail la rencontre singulière de son père avec le djinn de la forêt, le moulin qu'il lui avait offert ainsi que les deux formules à prononcer pour provoquer ou arrêter le prodige.

Incapable de réfréner sa curiosité, la femme du marchand alla elle-même retrouver sa voisine dans l'heure qui suivit, et prétextant que son propre moulin venait juste de se casser alors qu'elle en avait grandement besoin en vue de préparer un repas pour les amis de son mari le soir même, demanda à emprunter le sien. "L'affaire d'une heure ou deux", ajouta-t-elle devant l'hésitation de la femme du bûcheron. Celle-ci dut faire fi de ses craintes, il n'était pas dans ses habitudes de refuser un service d'autant plus qu'elle se sentait redevable. "Et puis, si la formule n'est pas prononcée il n'y a aucune chance que le secret de ce moulin, tout à fait ordinaire dans son apparence, soit percé", pensa-t-elle.

La femme du marchand rentra chez elle et se dépêcha de tester le moulin. Elle prononça la formule et vit, subjuguée, que tout était conforme aux propos de la fillette. Passés les instants d'émerveillement, son euphorie retomba et une question se posa naturellement, d'autant plus que le temps pressait. Qu'allait-elle faire de ce moulin ? Allait-elle réellement le rendre ? Jusqu'à présent elle avait agi sans rien envisager de précis.

Ses doutes et ses hésitations furent de courte durée car elle décida, ni plus ni moins, de le "garder" pour elle et sa famille. "Ce n'est pas un vol. Un tel objet ne doit pas être mis dans n'importe quelles mains", se dit-elle pour finir de se convaincre et faire taire le peu de scrupules qui lui restaient. Elle l'échangea contre un autre de la même apparence, qu'elle renvoya avec une domestique, moins d'une heure plus tard, à sa voisine.

Le jour suivant, quand le bûcheron voulut utiliser le moulin pour aller au marché, sa déception fut aussi grande que sa surprise : ce dernier ne tournait plus sans être manipulé et surtout ne rendit en farine que la quantité de grain introduite. Il eut beau essayer et réessayer, le résultat était toujours le même. N'étant pas au courant qu'il avait été prêté, il ne trouvait aucune explication. Ou plutôt une seule. "C'est une mauvaise blague du djinn", pensa-t-il. Sa femme se garda de lui dire quoi que ce fût. Elle eut bien quelques soupçons concernant sa voisine mais elle ne pouvait être formelle. Elle ne voyait pas comment elle aurait pu être au courant du secret et de la formule.

Ils eurent beau économiser, rationner le plus possible ce qu'ils avaient déjà accumulé de farine et d'argent, vendre le superflu acheté, se contenter de bouts de chandelles, rien n'y fit. Bien vite arriva le moment où ils retrouvèrent la pauvreté et la peur du lendemain. Le bûcheron retarda autant que possible l'inévitable mais quand ses enfants se plaignirent de la faim, il n'eut plus le choix. Il devait retourner dans la forêt.

Il le fit par un matin brumeux et s'enfonça à reculons sous la voûte végétale, en évitant consciencieusement le lieu de sa rencontre avec le djinn. Pourtant, celui-ci, comme la première fois, se manifesta dès que le bûcheron se mit à la tâche. Et en le reconnaissant sa colère se déchaîna. Bouillonnant, il se mit à tourbillonner dans le ciel, à fulminer, à gronder.

— As-tu oublié, ta promesse de ne jamais revenir perturber mon sommeil et celui de la forêt ? cria-t-il.

— Non je n'ai pas oublié, je vous demande pardon de ne pas avoir tenu parole.

— Alors tu es revenu parce que tu veux mourir ?
— Non, répondit timidement le bûcheron, mais quitte à choisir je préfère mourir que de voir mes enfants mourir de faim devant mes yeux. Comme dit le poète, *la nécessité pour un homme est comme une épée sur la gorge.*

Subitement le djinn s'immobilisa et se calma. Ses traits se détendirent et ses yeux cessèrent de lancer des éclairs. Etait-ce la réponse qui le toucha ou le souvenir de la fée de la forêt, qui avait utilisé cette même formule sur *la nécessité* avant de le féliciter, quelques semaines plus tôt, pour son comportement amical envers le bûcheron, qui eut cet effet ? Sans doute les deux.

— Pourquoi donc tes enfants mourraient-ils de faim ?
— Le moulin que vous m'avez offert a cessé pour je ne sais quelle raison de produire quoi que ce soit. Je n'ai eu d'autre choix, quand tous les vivres ont été épuisés, que de revenir couper du bois.
— Bûcheron, on dirait que tu es né sous une bonne étoile. J'étais de très bonne humeur avant ton arrivée et je compte le rester pour toute la journée. Je t'accorde une seconde chance, et te propose le même marché que la première fois. Mais cette fois-ci tu n'as pas intérêt à revenir, ma patience et ma générosité ont des limites et ta vie ne tient plus qu'à un fil. Acceptes-tu ?
— Oui, répondit timidement le bûcheron sans réfléchir, heureux de s'en tirer aussi bien.

Comme la première fois, le génie prononça une formule et claqua des doigts. Le bûcheron vit alors apparaître un magnifique calao qui se posa sur son épaule.

— Prends l'oiseau avec toi. Il te sera fidèle et n'essayera jamais de s'en aller. Garde-le comme la prunelle de tes yeux. Prends en soin et ne le perds pas. Chaque jour il pondra un œuf. Dans cet œuf il y aura une grande surprise pour toi et les tiens. Tâche d'en faire bon usage.

Sans être obséquieux, le bûcheron remercia plusieurs fois le génie et retourna le plus vite possible chez lui, pressé de découvrir la teneur de la surprise. Cette fois il avait peu de doutes sur la valeur du présent que lui avait fait le djinn. A juste titre d'ailleurs. Le lendemain matin, dans le nid sommaire qu'il avait aménagé dans un coin de sa chambre pour l'oiseau, le bûcheron et sa femme trouvèrent un œuf qu'ils s'empressèrent de casser.

Pour couronner leur attente fébrile depuis la veille, la délivrance était au rendez-vous. Elle prenait la forme de deux magnifiques dinars d'or qui luisaient et tintaient entre leurs doigts.

Leurs enfants, attirés dans la chambre par les rires et la gaieté des parents, se mirent à leur tour à sautiller de joie et à danser dès que le bûcheron leur montra les pièces et leur raconta sa seconde rencontre avec le djinn. La peur du lendemain s'éloigna et avec elle tous les soucis.

De nouveau la vie leur souriait, et la joie ne quittait plus leur masure, mais c'était compter sans leurs voisins que de la croire durable.

Même si elle s'était désintéressée du sort de la famille du bûcheron et ne leur prêtait plus beaucoup d'attention depuis qu'elle avait réussi à leur dérober le moulin, la femme du marchand n'en jetait pas moins un coup d'œil discret dans leur cour de temps en temps. Ses soupçons s'éveillèrent vite. Elle détecta du nouveau dans leur maison et leur vie, à peine trois ou quatre semaines après l'arrivée du calao. Dès lors elle reprit avec assiduité son poste d'espionnage sur la terrasse pour connaître le fin mot de l'histoire.

Elle ne s'attarda point comme la première fois, deux jours de surveillance lui suffirent. Et ce qu'elle vit – la gaieté, les mines resplendissantes, les habits neufs – la conforta dans ses soupçons. "Sans doute le bûcheron a-t-il trouvé un nouvel objet magique", se dit-elle avec la flamme de l'envie rallumée dans le cœur et dans les yeux. Sans en tirer de conclusion elle remarqua aussi la présence chez eux d'un grand et magnifique oiseau rare. Il était temps pour elle d'agir.

"Il faut opérer de la même manière, et juste changer d'acteur", pensa-t-elle. Au lieu de sa fille ce fut son fils le plus jeune qu'elle utilisa en levant, pour lui également, l'interdiction de jouer avec les enfants des voisins. Ainsi elle attira le plus jeune garçon du bûcheron chez elle et obtint de lui par la ruse tout ce qu'elle voulait savoir, jusqu'au moindre détail, concernant la rencontre de son père avec le djinn et l'oiseau qu'il lui avait donné.

Si la première fois il lui avait été très facile de s'emparer du moulin, cette fois-ci les choses se présentaient autrement plus difficiles. Tous les plans qu'elle tenta d'échafauder se heurtaient au même problème : le bûcheron ne se séparait jamais de son oiseau et le gardait sur son épaule en toute circonstance. Déçue de ne pouvoir solutionner toute seule ce problème épineux, elle se tourna vers son mari. Elle l'informa de sa nouvelle découverte et de sa difficulté à trouver un moyen de dérober l'oiseau. A deux ils y passèrent du temps mais finirent par mettre au point un stratagème.

Le vendredi (jour de la prière et aussi, pour beaucoup, jour du hammam), tôt le matin, le bûcheron sortait à peine de sa maison quand il vit le marchand venir vers lui.

— Cher voisin, que la paix soit sur toi, dit-il jovial en lui serrant la main.

— Et sur toi également, répondit le bûcheron interloqué, car d'habitude son voisin grommelait ses salutations du trottoir d'en face sans jamais s'arrêter.

— Quel bel oiseau tu as là !

— Ah oui, il est beau. Je l'ai trouvé dans la forêt et depuis il ne me quitte plus.

— Où vas-tu, à cette heure matinale ?

— Comme d'habitude, du moins quand mes moyens me le permettent, je vais au hammam.

— Ah bon, je ne savais pas que tu fréquentais les hammams puisque je ne t'ai jamais vu dans le mien. Tu sais que j'ai un des hammams les plus fréquentés de la ville ?

— Oui, répondit le bûcheron.

— Et comment se fait-il que je ne t'y aie jamais vu ?

— L'occasion ne s'est jamais présentée.

— Eh bien, y a-t-il meilleure occasion que celle-ci ? Je sais que mon hammam n'est pas des plus proches, mais nous ferons le chemin ensemble et nous pourrons bavarder en cours de route.

Depuis qu'il avait reçu l'oiseau des mains du djinn, quand il allait au hammam, le bûcheron avait deux solutions. Parfois il emmenait son fils aîné avec lui pour veiller sur l'oiseau dans la salle d'attente pendant que lui dans la pièce la plus chaude prenait le temps de se détendre et de se laver. D'autres fois il s'en remettait à l'employé de réception du hammam qu'il fréquentait d'habitude. C'était quelqu'un qu'il connaissait depuis longtemps et à qui il faisait confiance. Il lui confiait, certes, le volatile mais souvent il ne s'attardait pas à se prélasser dans les vapeurs d'eau chaude. Il se contentait de se laver sans perdre de temps pour sortir aussi vite que possible et mettre ainsi fin à ses inquiétudes.

Comment allait-il faire s'il accompagnait son voisin jusqu'à son hammam ? Il n'avait pas prévu d'emmener son fils aîné avec lui ce vendredi-là, celui-ci dormait encore. A qui allait-il confier son oiseau ?

Il était plutôt tenté de décliner poliment la proposition du marchand. Mais celui-ci insista tant – "Je t'avoue que cela m'est pénible de faire tout le chemin seul, je te serais reconnaissant de me tenir compagnie" – que le bûcheron se sentit contraint d'accepter son invitation. " Ni le voisin ni qui que ce soit d'autre n'est au courant du secret, je ferai comme je fais d'habitude", se dit-il. Et les deux hommes en bavardant se dirigèrent ensemble vers le centre de la médina.

Arrivé à destination, le marchand congédia son employé de réception et s'installa à sa place. Quant au bûcheron, émerveillé, il passa un long moment à s'extasier devant l'opulence de l'entrée, de la salle d'attente et de la salle de déshabillage. Il faut reconnaître que la finesse architecturale et décorative des graciles colonnes en marbre, des arabesques en relief et des calligraphies dorées avait de quoi impressionner. Passé sa surprise de découvrir une si riche ornementation, il se déshabilla, ceignit sa taille dans un pagne, prépara tout son nécessaire de gommage et de lavage, puis il se dirigea vers le comptoir d'accueil pour s'adresser au marchand :
— Cher voisin, je te confie mon oiseau. Prends-en soin, je ne serai pas long.
— Ne t'inquiète pas, cher voisin, je sais que tu y tiens beaucoup, je le garderai comme la prunelle de mes yeux.

A peine le bûcheron avait-il disparu de son champ de vision que le marchand mit l'oiseau dans une cage et la cage dans une caisse qu'il confia à un autre de ses employés. "Emporte ça chez moi tout de suite", lui dit-il.

Puis il attendit quelques minutes, prit un autre oiseau dans une besace cachée dans un recoin derrière lui, le mit sur son épaule et se dirigea vers la sortie en attirant sur lui l'attention des clients qui étaient dans la salle d'attente. A peine s'était-il mis debout dans l'encadrement de la porte donnant sur la rue que l'oiseau s'envola. Le marchand avait discrètement relâché la ficelle presque invisible qui lui permettait de retenir le volatile. Il se mit alors à crier et à se lamenter tant et si fort que tous les présents se regroupèrent autour de lui et que d'autres affluèrent de la salle de déshabillage pour l'interroger sur ce qu'il lui arrivait. Le marchand se lamenta encore plus fort sans répondre à personne jusqu'à ce qu'il vît le bûcheron venir vers lui. Celui-ci avait entendu le brouhaha et s'était dépêché de quitter la salle chaude.

— Ah, mon cher voisin, dit le marchand les larmes aux yeux, qu'est-ce que j'ai fait ! La pire erreur de ma vie.

— Qu'est-ce qu'il y a ? répondit le bûcheron inquiet.

— Ah, mon cher voisin, un malheur. J'ai entendu du bruit dans la rue et je suis allé jeter un coup d'œil pour m'assurer qu'il n'y avait rien de grave. Ah, mon cher voisin, à peine suis-je arrivé à la porte que ton oiseau s'est envolé. Tu peux demander à tous ceux-là, ils l'ont tous vu.

— L'oiseau s'est envolé, répéta le bûcheron abasourdi.

— Ah, mon cher voisin, j'ai été négligent pour la première fois de ma vie. Je suis coupable et tu as le droit de ne pas me pardonner. Tu peux demander justice ici même ou devant le cadi. Et tous ceux-là qui sont présents peuvent témoigner de ma culpabilité. Je t'indemniserai.

L'oiseau, le bûcheron le trimbalait sur son épaule depuis qu'il l'avait, jamais il n'avait cherché à s'envoler, ni même à battre des ailes, mais que pouvait-il dire ou faire devant l'acquiescement général ? Et quelle indemnité pouvait-il exiger ? S'il révélait son secret, un oiseau qui pondait chaque jour un œuf contenant deux dinars d'or, pour pouvoir exiger une indemnisation à la hauteur de la perte, tout le monde, même le cadi, lui rirait au nez. S'il ne révélait pas le secret il n'était en droit d'exiger qu'une vile compensation pour un oiseau, fût-il beau et rare.

Le bûcheron toujours abasourdi en était là de ses réflexions quand le marchand, en continuant à s'excuser et s'accuser de tous les maux de la terre, lui tendit une bourse de pièces de monnaie en vil métal qui déclencha l'admiration de tous les présents. Tous sans exception louèrent sa générosité. "Pour un oiseau deux ou trois pièces auraient suffi", dirent certains.

Le bûcheron quitta le hammam avec tous ses soupçons et en poche la bourse qu'il tenta de refuser pour faire bonne figure. Il rentra chez lui, annonça à toute sa famille que l'oiseau s'était envolé sans plus d'explications avant de s'enfermer dans sa chambre, effondré.

Le marchand ne s'attarda guère après le départ de son voisin, à peine le temps nécessaire pour ne pas le rejoindre en route. Il passa, ainsi que sa femme, l'après-midi et la nuit du vendredi dans un état de fébrilité extrême en attente de la prochaine ponte du calao pour voir se réaliser le prodige. Deux jours plus tard, il organisa une fête qui marqua longtemps les esprits.

Notre bûcheron de son côté resta reclus plusieurs semaines à tourner et retourner dans sa tête ce qui s'était passé sans aboutir à une réponse précise.

— Demain je vais devoir entamer notre dernière pièce d'or, lui dit sa femme un jour de but en blanc. Nous avons donc de quoi tenir quelques semaines, mais après…

"Mais après, répéta-t-il, une fois seul. Mais après, une seule solution. Je pourrais attendre que nous n'ayons plus rien mais à quoi bon. Il faut que je retourne à la forêt. Si le djinn me tue, ça sera une bouche de moins à nourrir, déjà ça de gagné. Oui, il faut que je retourne à la forêt."

Le lendemain matin, il embrassa plus longuement que d'habitude chaque membre de sa famille et avec son âne, son fidèle compagnon dont il ne s'était jamais séparé, il sortit de chez lui, résigné – "Si je dois mourir, alors que ce soit un jour comme aujourd'hui."

Ce qui devait arriver arriva. Le bûcheron n'eut même pas le temps de chercher un arbre adéquat que le djinn prit forme devant lui. On aurait dit qu'il l'attendait. Il était au courant du fin mot de l'histoire, il savait le bûcheron victime de son voisin, pourtant il était pris d'une telle colère que notre pauvre ami crut que sa dernière heure avait sonné et fit ses prières.

Le djinn le souleva du sol et s'apprêtait à le projeter de toutes ses forces contre les arbres quand d'un côté il vit la fée de la forêt se matérialiser et le regarder d'un œil sévère, et de l'autre il entendit le bûcheron lui dire :

— Je mérite votre châtiment et en quelque sorte je suis venu le chercher. Mais je vous demande juste un service. Quand je serai mort, déposez mon corps sur mon âne qui attend à la lisière et lâchez sa bride. Il me ramènera à ma maison. Ma famille saura ainsi ma mort et m'enterrera au lieu de m'attendre.

Le djinn retint son geste au dernier moment, regarda longuement le bûcheron dans les yeux avant de le déposer sur le sol. Puis il regarda la fée de la forêt. Celle-ci en souriant lui montra le gourdin qu'elle tenait. Il sourit à son tour avant de franchement rire. Le bûcheron, qui ne pouvait voir la fée, ne comprenait rien à se qui se passait mais commençait à croire qu'il allait s'en sortir.

— Tu vois le gourdin qui est là-bas ? lui demanda le djinn.

— Oui, dit le bûcheron en se retournant vers la direction indiquée.

— C'est mon dernier présent pour toi. Le soir tu regrouperas toute ta famille, du plus jeune au plus âgé, autour du gourdin et quand vous aurez décidé de ce qu'il vous faut en nourriture ainsi que pour tous vos autres besoins, tu diras : "Exécute ce dont t'a chargé ta maîtresse." Va maintenant, rentre chez toi retrouver ta femme et tes enfants.

Le bûcheron n'en croyait pas ses oreilles, il était non seulement sauvé mais il allait repartir avec un nouveau présent magique. Il ramassa l'objet en un clin d'œil et s'en alla aussi vite que pouvaient courir ses jambes.

La fée de la forêt de son côté arrêta de sourire et regarda de nouveau le djinn d'une manière sévère. Celui-ci, après avoir laissé planer le suspense un moment, fit gronder sa voix pour être entendu de loin :

— Bûcheron, quand tu voudras que les tours de magie du gourdin s'arrêtent, tu répéteras sept fois la formule suivante : "Par la voix de ta maîtresse cesse sur-le-champ ton labeur." N'oublie pas, sept fois. Puis il ajouta : Si au début le gourdin te surprend, il pourrait bien te servir si tu as l'intelligence de l'utiliser à bon escient. Va maintenant, et ne reviens jamais.

Le soir venu, le bûcheron fit exactement ce que le génie lui avait recommandé et, dès que tous les siens furent regroupés et leurs vœux émis, il prononça la phrase indiquée. Le gourdin se mit alors à frapper à tour de bras tous ceux qui étaient dans la pièce sans discontinuer. Le temps de comprendre ce qui lui arrivait et de dire sept fois la formule pour l'arrêter, le gourdin avait bien rossé tout le monde. Sous le choc, notre ami se mit à pleurer et se confondit en excuses, expliquant que tout ça était entièrement et uniquement de sa faute à lui :

— Vous n'aviez pas à endurer cela, moi seul mérite cette punition. J'ai non seulement perdu l'oiseau mais en plus je ne vous ai pas dit la vérité.

Puis il raconta sa rencontre surprenante avec le voisin sur le pas de la porte et tout ce qui s'était passé dans le hammam.

Sa femme prit le relais pour s'excuser à son tour d'avoir dissimulé des faits et les informa qu'elle avait prêté le moulin à la voisine la veille du jour où il avait cessé de produire de la farine.

Le bûcheron et sa femme se regardèrent avec la même interrogation dans les yeux : "Si c'est une machination du marchand et de son épouse, comment ont-ils pu savoir ?"

Leur fils le plus jeune, ayant deviné leur perplexité, s'excusa à son tour en leur racontant dans quelles circonstances il avait parlé de l'oiseau à la voisine. Sa sœur ne fut pas en reste et rapporta tout ce qu'elle avait dit sur le moulin. Il n'y avait plus de doute possible. Il ne s'agissait plus de vagues soupçons mais de certitudes. Mais comment allaient-ils faire pour obtenir justice ? Aucun juge ni aucun émir ne les prendrait au sérieux s'ils parlaient d'un moulin et d'un oiseau tous deux magiques.

La réponse s'imposa à tous dès que le bûcheron posa la question, et le plan pour punir les coupables fut simple à élaborer. Mais pour le mener à bien il leur fallait quelques moyens qu'ils n'avaient pas, qu'ils n'avaient plus. La femme du bûcheron intervint alors et montra à tous dix pièces d'or. Elle avait réussi à les mettre de côté quand l'oiseau était encore en leur possession.

A peine deux semaines après l'incident du gourdin, la femme du marchand, qui de temps à autre épiait encore ses voisins, nota qu'ils étaient de nouveau joyeux, aussi joyeux que quand ils avaient le calao, voire plus. Elle remarqua aussi que tous, enfants et adultes, portaient chaque matin une tenue toute neuve, richement brodée. Elle avait même entendu le bûcheron parler de construire une grande maison à la place de sa masure. Elle n'avait plus besoin de les espionner assidûment plusieurs jours ou semaines pour confirmer ses soupçons : "Sans doute le djinn de la forêt lui a-t-il encore donné quelque objet magique. Il me faut savoir de quoi il s'agit au plus vite."

Puisqu'il avait fait ses preuves, elle usa du même procédé que les fois précédentes pour attirer chez elle la fille la plus jeune du bûcheron et apprendre d'elle que le djinn de la forêt avait été, contre toute attente, magnanime envers son père. Il lui avait même donné un objet magique merveilleux, aux pouvoirs, de loin, supérieurs aux précédents. Un gourdin. Un simple gourdin qui exauçait tous leurs vœux. Il suffisait de se réunir chaque soir, de le mettre au centre, d'énoncer leurs désirs et de prononcer une formule, rien de plus.

La femme du marchand n'en croyait pas ses oreilles. Certes le moulin et l'oiseau étaient bel et bien enchantés, mais un gourdin capable d'exaucer tous les vœux ça dépassait son entendement. Il lui fallait une confirmation, et le fils du bûcheron, qu'elle attira chez elle à son tour la lui donna en ajoutant d'autres détails encore plus merveilleux les uns que les autres. Il n'y avait plus de doute à avoir. Elle en parla à son mari.

Le gourdin leur paraissant plus précieux que le moulin et l'oiseau réunis, le marchand et sa femme décidèrent de s'en emparer. Il leur fallait ce nouvel et étrange objet du désir coûte que coûte. Mais comment allaient-ils faire ? Les enfants leur avaient appris que le bûcheron, encore plus méfiant qu'auparavant, le gardait nuit et jour à portée de sa main...

Deux ou trois jours plus tard, juste après le coucher du soleil, la femme du marchand se hissa sur sa terrasse et se mit à pleurer, à crier et à appeler le bûcheron. Celui-ci sortit dans la cour et la découvrit affolée et terrorisée :
— Qu'est-ce qui vous arrive ? lui demanda-t-il.
— Il y a un voleur qui s'est introduit chez moi, répondit-elle avant d'ajouter, mon mari et mes fils aînés ne sont pas encore rentrés, je suis seule avec les plus jeunes de mes enfants.
Le bûcheron empoigna son gourdin et se précipita chez ses voisins. A peine eut-il le temps de franchir leur seuil qu'un puissant coup de bâton sur la nuque le cueillit. Il perdit connaissance sans avoir le temps de voir son agresseur.
A son réveil son gourdin avait disparu. Le marchand, qui apparemment venait juste de rentrer, lui apprit que le voleur avait dû l'assommer avant de s'enfuir. Puis il se mit à le remercier tant et tant de fois pour son intervention. Vraiment il lui serait redevable toute sa vie d'avoir sauvé sa famille et sa maison. Vraiment son courage et la noblesse de son geste resteraient à jamais gravés dans sa mémoire. Etc., etc.
Le bûcheron, qui pour la forme se lamenta un peu sur la perte de son gourdin, rentra chez lui et attendit.

Plus avant dans la soirée, un des enfants du marchand vint en courant frapper avec vigueur à sa porte et l'informa que son père le suppliait de venir le plus vite possible. Le bûcheron, sachant de quoi il s'agissait, prit son temps pour se rendre chez son voisin et constater que le gourdin était à l'œuvre. Mari et femme se faisaient rosser avec application. Comme les enfants pouvaient éventer les secrets en toute innocence, ils avaient attendu que tous les leurs fussent couchés avant de s'enfermer dans leur chambre et de tester la nouvelle merveille. Leurs enfants du coup avaient été épargnés.

— Cher voisin, délivre-nous s'il te plaît de ton gourdin, dit le marchand en pleurant.

— Cher voisin, répondit le bûcheron, je n'y peux rien.

— Je t'en supplie, dis-nous comment l'arrêter, il doit y avoir une formule.

— Il y a bien une formule mais elle ne vous servira à rien. Le djinn de la forêt a assigné à ce gourdin une mission précise. Retrouver ce qui m'a été dérobé. Sans cela la formule ne suffira pas.

Le marchand et sa femme essayèrent d'abord de nier avec le peu de forces qui leur restait puis, les coups continuant à pleuvoir devant le sourire amusé du bûcheron, ils durent reconnaître leurs méfaits et le supplièrent de leur pardonner. Et sans plus tarder ils lui indiquèrent la pièce où se trouvaient l'oiseau et le moulin. Après avoir vérifié la véracité de leurs paroles, et repris ce qui lui appartenait, il prononça sept fois la formule adéquate, ramassa son gourdin et rentra chez lui soulagé.

Et notre histoire pénétra dans un bois pour égayer les saisons,
Et l'année prochaine nous aurons une belle moisson.

TABLE

Préface 7

Wadâa ou l'Exil des sept frères 19
Welja ou l'Errance 51
Loundja Bent el-Ghoula
    (Loundja fille de l'ogresse)............................... 89
Le Bûcheron.. 131

BABEL

Extrait du catalogue

913. HELLA S. HAASSE
    L'Anneau de la clé

914. TORGNY LINDGREN
    Divorce

915. HODA BARAKAT
    La Pierre du rire

916. FRANÇOISE DUNAND
    Isis, mère des dieux

917. MARIE DE FRANCE
    Lais

918. IMRE KERTÉSZ
    Roman policier

919. YOKO OGAWA
    Tristes revanches

920. NEIL BARTLETT
    Ainsi soient-ils

921. EMILI ROSALES
    La Ville invisible

922. ERWIN WAGENHOFER
    Le Marché de la faim

923. ALEXIS DE TOCQUEVILLE
    Sur l'esclavage

924. ALEXANDRE POUCHKINE
    Eugène Onéguine

925. AKI SHIMAZAKI
    Wasurenagusa

926. MURIEL CERF
    L'Antivoyage

927. PERCIVAL EVERETT
    Blessés

928. GÖRAN TUNSTRÖM
    Le Livre d'or des gens de Sunne

929. ANNE-MARIE GARAT
    Une faim de loup

930. INTERNATIONALE DE L'IMAGINAIRE N° 23
    L'Internationale de l'imaginaire de Jean Duvignaud

931. FAIRFIELD OSBORN
    La Planète au pillage

932. PHILIPPE DOUMENC
    Contre-enquête sur la mort d'Emma Bovary

933. MARIE DE FRANCE
    Fables

934. DENIS LACHAUD
    Le vrai est au coffre

935. PAUL AUSTER
    La Vie intérieure de Martin Frost

936. KUNZANG CHODEN
    Le Cercle du karma

937. ALBERTO MANGUEL
    La Bibliothèque, la nuit

938. MICHEL VINAVER
    L'Ordinaire

939. OLIVIER PY
    Théâtre complet II

940. DANIEL KEHLMANN
    Les Arpenteurs du monde

941. ALAA EL ASWANY
    Chicago

942. NAGUIB MAHFOUZ
Miroirs

943. STEFANO BENNI
Achille au pied léger

944. CLAUDIE GALLAY
L'Office des vivants

945. *
La Trilogie de Pathelin

946. YOKO OGAWA
Amours en marge

947. ANDRÉ BRINK
L'Amour et l'Oubli

948. MADISON SMARTT BELL
Dix Indiens

949. MAHMOUD DARWICH
Anthologie poétique

950. MADELEINE BOURDOUXHE
Les Jours de la femme Louise

951. KATARINA MAZETTI
Le Mec de la tombe d'à côté

952. ANTON SHAMMAS
Arabesques

953. JØRGEN-FRANTZ JACOBSEN
Barbara

954. HANAN EL-CHEIKH
Poste restante Beyrouth

955. YU HUA
Un amour classique

956. WACINY LAREDJ
Le Livre de l'Emir

957. INTERNATIONALE DE L'IMAGINAIRE N° 24
L'Immatériel à la lumière de l'Extrême-Orient

958. ETGAR KERET
   Un homme sans tête

959. CLAUDE PUJADE-RENAUD
   Le Désert de la grâce

960. ANNA ENQUIST
   Le Retour

961. LIEVE JORIS
   L'Heure des rebelles

962. JOHN STEINBECK
   Dans la mer de Cortez

963. CARLA GUELFENBEIN
   Ma femme de ta vie

964. FRANS G. BENGTSSON
   Orm le Rouge t. II

965. ALEXANDRE POUCHKINE
   La Dame de pique

966. MURIEL CERF
   La Petite Culotte

967. METIN ARDITI
   La Fille des Louganis

968. MINH TRAN HUY
   La Princesse et le Pêcheur

969. LYONEL TROUILLOT
   L'amour avant que j'oublie

970. CÉCILE LADJALI
   Les Souffleurs

971. AKI SHIMAZAKI
   Hotaru

972. HENRY BAUCHAU
   Le Boulevard périphérique

973. IMRE KERTÉSZ
   Etre sans destin

974. ELIAS KHOURY
    La Petite Montagne

975. NANCY HUSTON
    Ames et corps

976. ALBERTO MANGUEL
    Le Livre d'images

977. NINA BERBEROVA
    L'Affaire Kravtchenko

978. JEAN-MICHEL RIBES
    Batailles

979. LEÏLA SEBBAR
    La Seine était rouge

980. RUSSELL BANKS
    La Réserve

981. WILLIAM T. VOLLMANN
    Central Europe

982. YOKO OGAWA
    Les Paupières

983. TIM PARKS
    Rapides

984. ARNON GRUNBERG
    L'Oiseau est malade

985. CHRISTIAN GOUDINEAU
    Le Dossier Vercingétorix

986. KATARINA MAZETTI
    Les Larmes de Tarzan

987. STEFANO BENNI
    La Dernière Larme

988. IBN HAZM
    Le Collier de la colombe

989. ABÛ NUWÂS
    Le Vin, le Vent, la Vie

990. ALICE FERNEY
    Paradis conjugal

991. CLAUDIE GALLAY
    Mon amour ma vie

992. ANTOINE PIAZZA
    La Route de Tassiga

993. ASSIA DJEBAR
    Nulle part dans la maison de mon père

994. LUIGI GUARNIERI
    La Jeune Mariée juive

995. ALAIN BADIOU
    La Tétralogie d'Ahmed

996. WAJDI MOUAWAD
    Visage retrouvé

997. MAHASWETA DEVI
    La Mère du 1084

998. DIETER HILDEBRANDT
    Le Roman du piano

999. PIA PETERSEN
    Une fenêtre au hasard

1000. DON DELILLO
    L'Homme qui tombe

1001. WILFRIED N'SONDÉ
    Le Cœur des enfants léopards

1002. CÉLINE CURIOL
    Permission

1003. YU HUA
    Brothers

1004. ALAA EL ASWANY
    J'aurais voulu être égyptien

1005. RACHID EL-DAÏF
    Qu'elle aille au diable, Meryl Streep !

1006. SIRI HUSTVEDT
Elégie pour un Américain

1007. A. J. JACOBS
L'année où j'ai vécu selon la Bible

1008. DANIEL KEHLMANN
Gloire

1009. NANCY HUSTON
L'Espèce fabulatrice

1010. ALBERT SÁNCHEZ PIÑOL
Pandore au Congo

1011. BREYTEN BREYTENBACH
Le Monde du milieu
(à paraître)

1012. MICHEL TREMBLAY
Bonbons assortis

1013. KHADIJA AL-SALAMI
Pleure, ô reine de Saba !

1014. SOROUR KASMAÏ
Le Cimetière de verre

1015. LAURENT GAUDÉ
La Porte des Enfers

1016. SAM SAVAGE
Firmin

1017. WAJDI MOUAWAD
Littoral

1018. *
Roman de Baïbars 5
La Trahison des émirs
(à paraître)

1019. *
Roman de Baïbars 6
Meurtre au hammam
(à paraître)

1020. MATHIAS ÉNARD
Zone

1021. JEANNE BENAMEUR
Laver les ombres

1022. JÉRÔME FERRARI
Dans le secret

1023. PASCAL MORIN
Bon vent

1024. A. M. HOMES
Ce livre va vous sauver la vie

1025. ANDREÏ GUELASSIMOV
L'Année du mensonge

1026. HANAN EL-CHEIKH
Londres mon amour

1027. WAJDI MOUAWAD
Incendies

1028. DAVID HOMEL
L'Analyste
(à paraître)

1029. FABRICE NICOLINO
Bidoche

1030. NAOMI KLEIN
La Stratégie du choc

1031. DARINA AL-JOUNDI / MOHAMED KACIMI
Le Jour où Nina Simone a cessé de chanter

1032. WILLIAM T. VOLLMANN
Pourquoi êtes-vous pauvres ?

1033. CÉSAR AIRA
La Princesse Printemps

1034. INTERNATIONALE DE L'IMAGINAIRE N° 25
Le Patrimoine culturel immatériel,
premières expériences en France
(à paraître)

1035. NAGUIB MAHFOUZ
    Le Cortège des vivants

1036. RÛMÎ
    Le Livre du Dedans

1037. IBN 'ARABÎ
    La Profession de foi

1038. IBN KHALDÛN
    La Voie et la Loi

1039. ANNE-MARIE GARAT
    L'Enfant des ténèbres

1040. KARSTEN LUND
    Le Marin américain

1041. CHI LI
    Préméditation

1042. JOSEPH E. STIGLITZ
    Le Triomphe de la cupidité

1043. LILIANA LAZAR
    Terre des affranchis

1044. YOKO OGAWA
    La Marche de Mina

1045. SONALLAH IBRAHIM
    Le Comité

1046. SONALLAH IBRAHIM
    Cette odeur-là

COÉDITION ACTES SUD – LEMÉAC

Ouvrage réalisé
par l'Atelier graphique Actes Sud.
Achevé d'imprimer
en janvier 2011
par Normandie Roto Impression s.a.s.
61250 Lonrai
sur papier fabriqué à partir de bois provenant
de forêts gérées durablement (www.fsc.org)
pour le compte
des éditions Actes Sud
Le Méjan
Place Nina-Berberova
13200 Arles.

Dépôt légal
1re édition : février 2011
N° impr. : 110230
(Imprimé en France)